FRÉDÉRIQUE VERVOORT

MORTELLE ABSENCE

ISBN : 978-2-7599-0328-3
© Éditions UPblisher 2015

PROLOGUE

NATHAN KELLER

Il est difficile de savoir quand ça a commencé.

Il pleuvait. Les fenêtres vibraient sous les rafales.

Les buis en pot de l'entrée se sont renversés et je n'ai pas eu le courage d'ouvrir la porte et d'affronter les herses glacées de l'averse pour les ramasser.

Et puis, il y a eu comme un déchaînement, un trop plein de nuages a éclaté en zébrures livides, le gravier de l'allée s'est soulevé. J'ai pensé que c'était un signe. Et je ne suis pas superstitieux de nature.

La lettre pendait au bout de mes doigts comme une saloperie dont on n'arrive pas à se débarrasser, un cheveu mouillé, une épluchure... Mais cette fois-ci, j'ai su que j'irais jusqu'au bout. Que j'affronterais l'écriture raide, la barre des T crevant le papier d'une encre violette reconnaissable entre toutes. Qui se donnait encore la peine d'écrire des lettres à l'heure des e-mails ? Qui dévissait le capuchon du stylo d'une main que j'imaginais toujours ferme, sans bague, les veines légèrement plus saillantes peut-être ?

J'attendais ce moment depuis des années, inutile de me mentir. Je le redoutais. Ou pas.

C'était l'heure que j'aimais, d'habitude. Entre chien et loup. Le papier tiédissait entre mes doigts, avec ses signes encore indistincts qui devenaient de plus en plus tentateurs dans la pénombre... Mon cœur battait fort. Au loin, des sirènes de police ont retenti. J'ai sursauté. Je ne me connaissais pas lâche. J'ai bizarrement repensé à mon père qui me disait qu'on ne prend la mesure de soi-même que dans les instants de choix extrême ou de danger. Fuir ou rester. Affronter. Se coucher... Je me suis levé, j'ai traversé le salon pour allumer la lampe halogène, la plus éclatante, évitant le clair-obscur des abat-jour. Debout, j'ai levé la lettre à la hauteur de mes yeux, pas trop éloignée. J'avais dépassé les 40 ans. J'aurai besoin de lunettes bientôt.

Et j'ai lu.

I

Le silence de la maison a volé en éclats. Dérapage de pneus mouillés sur le gravier, claquement de portières, cavalcade sous la pluie toujours déchaînée... La porte d'entrée s'est ouverte à la volée.

Il y a eu une odeur puissante d'eau et de terre. Louise a couru dans le hall, cramponnant son sac d'une main et son parapluie retourné de l'autre. Les jumeaux suivaient, et leurs rires rebondissaient comme des balles. Ça m'a retourné le cœur. Pour combien de temps encore?

« Quel foutoir ce temps ! Tu pouvais pas nous aider ?

— À quoi ? »

Louise a secoué la tête.

« À prendre les mallettes des jumeaux, par exemple. Elles sont dans le coffre. Et secourir mon pauvre parapluie. Il est en train d'agoniser ! »

Je lui ai pris la chose des mains. Trois baleines pendaient lamentablement et un pan de nylon bleu détrempé gouttait sur le sol comme une aile cassée.

« Il est foutu

— Je le sais figure-toi. Ce n'est pas une grande perte, va... Ouf, je suis morte ! »

C'était la remarque la plus anodine qui soit, mais vu les circonstances, j'ai frissonné. Je déteste les expressions toutes faites, et plus encore celle-là.

« Attends, je prends ton manteau...

— Aide plutôt les jumeaux... »

Elle s'est débarrassée de son imperméable d'un coup d'épaule, l'a accroché à la patère et m'a gratifié de son fameux sourire, pommettes remontées, yeux presque clos...

« Un bisou ! »

Les enfants ont fait chorus aussitôt, deux braves chiots mouillés en anorak fluo. Si tant est que les chiens portent des anoraks, ce qui peut arriver pourtant dans ce quartier bourgeois où les mémères promènent volontiers leurs ersatz enrubannés au bout d'une laisse.

J'ai embrassé deux paires de joues lisses, identiquement rosies par la tempête.

« C'est chouette papa, ce vent ! On a cru s'envoler ! »

Ils se débarrassaient à leur tour de leur harnachement. Ils avaient hérité du caractère enjoué et paisible de leur mère.

Comme à leur habitude, ils se sont rués vers la cuisine, en quête de leur goûter. J'ai béni le carcan de l'habitude qui m'avait discipliné, dans un état de totale absence, à préparer les tartines de confiture et le jus d'orange qui les attendaient à chaque retour d'école. Je restais un père attentif. Un homme au foyer responsable. Un modèle du genre. Pour combien de temps encore ?

Louise a posé brièvement la tête sur mon épaule. J'ai senti le parfum de ses cheveux. Son chignon croulait un peu sur la nuque, comme j'aime. J'ai enroulé une mèche châtain clair autour de mon doigt.

« Bonne journée ?

— À part le temps, oui.

— Du neuf ? »

Il y avait rarement du neuf dans la vie de Louise. Elle était professeur d'anglais dans un lycée privé pour enfant

HP, comme on disait. Des petits génies souvent incompris qui fuyaient le système scolaire habituel trop en retard sur leurs neurones de surdoués. C'est dire que Louise ne connaissait pas les affres habituelles des enseignants, confrontés aux dures réalités des cités ou aux agitations pré pubères de gamins plus accros aux derniers gadgets électroniques à la mode qu'aux subtilités du prétérit.

« Heu... Non. Marie-Charlotte, 11 ans, aurait souhaité qu'Hamlet soit plus décideur, mais bon... On ne se refait pas... »

Elle a bâillé joliment, en s'étirant comme un chat. Louise était un être profondément gracieux. Cela m'avait séduit jadis. Quand j'avais compris que je devenais enfin accessible à la grâce...

Elle s'est ensuite perchée sur l'accoudoir du canapé et m'a regardé. Son léger froncement de sourcils m'a indiqué que, cette fois, je ne donnais pas tout à fait le change.

« Tu as un problème? Il s'est passé quelque chose ? Ton tableau n'avance pas comme tu voudrais ?

— Un tableau n'avance pas, Dieu merci. »

J'avais parlé d'un ton sec. Elle n'a pas répliqué, s'est contentée d'une petite moue et s'est levée d'un bond.

« C'est pas tout ça, j'ai besoin d'un bain chaud pour me relaxer. Tu vas voir les jumeaux ? »

Elle n'a pas attendu la réponse et a disparu dans la pénombre du hall. Ses talons ont claqué dans les escaliers. J'ai obtempéré. Ma docilité m'écoeurait. Serais-je toujours si prévisible ?

Dans la cuisine, Tom et Lola s'amusaient à déchiqueter les serviettes en papier disposées sur la toile cirée. Ils riaient et leur petite voix aiguë me vrillait les tympans. J'étais dans un trop grand état de stupeur pour capter leur conversation d'étourneaux.

Je me suis contenté d'arracher les lambeaux de serviette et de grommeler :

« Quel âge avez-vous ?

— Huit ans papa, tu le sais, non ? »

Lola m'observait, moqueuse. C'était la plus remuante des deux. La plus brune aussi, celle qui me ressemblait, jusqu'à la fossette du menton. Tom levait vers moi le fin visage mat aux yeux clairs de sa mère. De parfaits hétérozygotes. Des clones m'auraient dérangé. Les efforts de Louise pour devenir fécondable avaient payé, finalement. Une réussite, cette paire d'enfants. Si on peut dire...

Un léger vertige m'a étourdi et je me suis laissé tomber, un peu trop brusquement, sur la chaise en treillis métallique. Les prunelles de Tom se sont troublées.

« Ça va pas, papa ? »

J'ai tenté de plaisanter:

« Pas Papa ? Tu parles en volapük ? »

Il a souri, pas convaincu.

« Tu es tout pâle... »

J'ai tenté un sourire.

« Tout le monde est pâle, sous ce ciel noir. »

Lola a haussé les épaules.

« On n'est pas dehors papa, et ici, on voit bien... »

Elle a désigné le plafond éclairé, les meubles d'acier brossé qui renvoyaient vivement la lumière.

Je me suis levé. Pas le courage de poursuivre.

« Bon, je vais voir ce que devient votre mère. Et arrêtez avec ces serviettes, ou faites-en des cocottes ! »

« Bonne idée ! » – Lola s'affairait déjà, ses mains tachées de confiture déployant le papier trop mou, orné d'une guirlande de cerises. Les yeux gris de Tom m'ont suivi, pensifs. Je me suis hâté vers la porte, et au lieu de monter au premier étage, où Louise s'ébrouait dans la salle de bains, je me suis réfugié dans mon atelier, à l'arrière de la maison. C'est une pièce vaste, à l'ancienne (la maison date du début du siècle, le dernier...) prolongée par une véranda, vitrée jusqu'au plafond. La clarté du jour, quand il y en a, jaillit de partout, verdie, en été, par les arbres fruitiers et les deux tilleuls qui ponctuent la pelouse du jardin. Lorsque la tempête fait rage, comme à cet instant, la balançoire des jumeaux grince en se tordant au bout de ses chaînes, comme un supplicié aux fers...

Je me suis assis devant ma dernière toile, inachevée. Les autres attendaient, retournées contre les parois de verre cinglées de pluie, ou empilées à même le carrelage. L'atelier s'emplissait des ombres des nuages qui couraient à basse altitude. Une odeur familière de peinture et de térébenthine m'emplissait les narines. Je regardais sans les voir les grands aplats d'un rouge violent jetés sur la toile. Reflet d'une colère intérieure, comme auraient dit les quelques critiques qui commençaient, avec parcimonie, à s'intéresser à moi. Ironie du sort, j'étais en passe d'être connu, et même reconnu : j'avais fait des expositions, dont plusieurs à l'étranger, Amsterdam et Paris récemment. Deux toiles venaient d'être vendues. J'avais même obtenu quelques commentaires flatteurs dans des revues d'art bien établies. Et, consécration suprême, je venais d'être choisi pour exposer à la prochaine Biennale de Venise. Ma cote allait monter. C'était à mourir de rire, alors que j'avais choisi un métier de feignant, comme pensaient (et disaient) les parents de Louise, un métier (un hobby, précisaient-ils, dédaigneux) qui me permettait de rester à rêvasser au logis tandis que ma brave petite épouse s'escrimait au dehors... Mais les perfidies des beaux-parents avaient leurs limites. Financières entre autres. Lorsque j'avais épousé leur fille, j'étais rentier, et plus qu'ils ne le pensaient. Selon eux, ça rendait plus acceptable mon statut de pseudo-artiste. Et puis il y avait cette maison qui me venait de mon grand-père, industriel des mines au bon temps du Pays Noir.

Une baraque plutôt alambiquée, aux fioritures Art-déco, qui les épatait en secret et avait l'avantage d'être retirée en lisière du bois d'Argenteau, pas très loin du fleuve, qu'elle surplombait... De la loggia du premier, je suivais souvent des yeux le serpent d'eau grise que sillonnaient les péniches.

Le rouge du tableau me heurtait comme un ricanement. J'ai ressenti une sorte d'écœurement proche de la nausée, comme si je contemplais des éclaboussures de sang, du sang frais, encore tiède... Je pouvais presque en sentir le remugle, caresse obscène, lancinante mais masquée. L'obscurité avait complètement envahi l'atelier.

L'orage ne cédait pas, ses feulements assourdis résonnaient au loin. On se serait cru en novembre, au bord de l'hiver, et pas du tout en mars.

Machinalement, je me suis dirigé vers l'évier au fond de la pièce, et je me suis lavé les mains, longuement, avec une sorte d'acharnement, brossant mes ongles sous l'eau froide. Une lady Macbeth en plein déni. De très loin, de très haut, la voix de Louise m'est parvenue, comme dans un rêve. Elle m'appelait. Elle s'inquiétait. Je me devais de la rejoindre. Il ne fallait pas donner l'alerte.

Je l'ai retrouvée dans notre chambre, qui donnait elle aussi sur le fleuve. Enveloppée dans son peignoir-éponge, elle séchait ses cheveux à l'aide d'une serviette de coton d'un bleu vif. Des mèches frisottaient sur son front. Une boucle restait collée en travers de son cou, qu'elle avait long et fragile, un cou d'Iphigénie. Une sorte de désespoir m'a étreint. J'ai presque eu les larmes aux yeux et j'ai détourné la tête pour ne pas me trahir. Penchée en avant, Louise se frictionnait la tête avec énergie. Elle s'est redressée brusquement, le sang aux joues.

« Je me sens mieux. J'étais frigorifiée. En mars, tu te rends compte?

— Giboulées...

— Plus que ça, je t'assure, on aurait dit une tornade. Parole, j'ai failli stopper la voiture sur la bande d'arrêt d'urgence !

— Mon pauvre bébé...

— Enfin, demain, repos ! On bouge et on se fait un resto ? »

J'ai tressailli, frappé par cette évidence toute bête. Louise ne travaillait jamais le jeudi. Ça me laissait un jour de moins. Et il y avait urgence. La lettre, pliée en quatre dans ma poche, pesait son poids de menace. Incapable de rassembler mes pensées, j'ai acquiescé : « C'est une bonne idée ».

« On conduira les enfants chez mes parents »

D'habitude, je n'appréciais guère que les jumeaux s'attardent chez leurs grands-parents. Ils en ramenaient souvent des expressions nunuches, une indigestion de dessins animés imbéciles et une propension à faire des caprices. Enfin, j'exagérais. Je ne supportais tout simplement pas la parentèle de Louise : ni ses parents, ni Sébastien, son frère jumeau (j'aurais dû doublement me méfier) qui n'en finissait pas d'éterniser sa puberté, à près de trente ans. En fait, je ne supportais personne de l'entourage de Louise, à part Louise. Ça restreignait heureusement le champ des sorties, et j'avais de la chance que cette fille m'aime si absolument qu'elle sacrifiait volontiers ses désirs à mes volontés, que je prenais toujours soin de justifier et d'argumenter. Le fait qu'elle avance aussi simplement la possibilité de planifier notre journée du lendemain prouvait que je lui abandonnais la manœuvre et qu'elle le sentait. D'habitude, je m'amusais à exercer mon pouvoir, mais c'était trop simple, et puis surtout inutile. Louise ignorait ces jeux, elle planait au-dessus de toutes mes mesquines manipulations avec une indolence de goéland, elle baissait sa garde au premier assaut, ça ne l'intéressait pas, elle ne perdait jamais son temps en ratiocinations, et du coup, mes pauvres calculs échouaient. Je ne m'en portais pas plus mal. Jouer est amusant si on a un partenaire à la hauteur. Louise ne se situait pas dans l'espace du conflit. Son amour inconditionnel s'adaptait à mes brusques sautes d'humeur. Si elle me sentait mal luné, elle se tenait à distance et attendait que cela passe, tout simplement. Elle me désarmait sans lutte. Et quand c'est moi qui capitulais, si elle s'en étonnait, elle était trop fine pour en faire état. Cette femme glissait entre les doigts comme du sable, m'incitant, petit à petit, à m'ajuster à elle, à me fondre dans son ataraxie. L'imposture se détachait de moi comme une peau morte, je me découvrais entravé mais paradoxalement plus libre. Miracle de nos censures mutuelles...

« Donc, demain quartier libre ? Tu conduis Tom et Lola chez mes parents et je me fais belle en t'attendant ? Tu consens à abandonner ton œuvre un instant pour me sortir en ville ? »

C'était dit gentiment, sans ironie, du moins le pensé-je. Encore qu'elle savait que je déteste l'emploi du mot « œuvre » en ce qui concerne mes productions picturales. Alibi aurait été plus exact. Ses parents avaient raison bien sûr, même si le reconnaître blessait mon ego. J'avais été le premier étonné de l'exposition médiatique de mes dernières toiles. Et puis, comment ne pas l'avouer - pris au jeu. J'aimais peindre. Je connaissais mes limites, mais aussi mon habileté, qui n'était pas du génie mais peut-être presque du talent. Depuis peu, je reconnaissais à l'activité de peindre un pouvoir cathartique qui libérait une puissance émotionnelle inhabituelle chez moi. J'oubliais tout lorsque je peignais. Mon cœur battait plus fort, plus lentement, irrigué d'un sang plus riche, semblait-il ; je me découvrais des fulgurances inédites quand mon pinceau touchait juste, que la couleur vibrait à l'unisson de mes pulsations. Et cela n'avait pas de prix. Cette coïncidence. Comme lorsque j'avais rencontré Louise alors que je pensais que ma vie resterait un désert, une plaisanterie plate qui ne connaîtrait jamais de chute. Au début j'avais lutté, incrédule, redoutant l'arrêt de jeu, la sentence brusque qui éteindrait cette flamme comme un seau d'eau froide. J'avais tort. Cette sentence, je l'attendais toujours. De moins en moins. Trop occupé à savourer le moment présent. À entrer dans le monde de Louise. Dans le monde des vivants. Born again.

Le bel engrenage avait failli se gripper. Trop vite.
L'entêtement femelle de Louise à vouloir créer une prolongation à notre union m'avait pris par surprise.

L'idée de me survivre ne m'enchantait guère, évidemment, pire cela m'effrayait. Même si cela pouvait passer pour une couverture idéale, je ne voyais pas comment le faire comprendre à ma jeune et fervente épousée... Un enfant, quelle complication ! Quelle brèche dans mon existence si bellement cloisonnée... Mais prendre le risque de perdre cette femme... Impossible. J'en étais là. Et les jumeaux étaient nés. Une sorte de blague du destin.

On avait tout de suite embauché une jeune fille au pair, pour soulager les parents de ce double cadeau. Mes moyens me le permettaient et il avait été entendu dès le début que je resterais à la maison pendant que Louise exerçait son métier de prof. Cet arrangement me convenait à merveille. J'étais sauvage, et pour cause, et appréciais peu la vie sociale et les nouvelles rencontres. La sédentarité m'allait comme un gant. Isolé dans ma bulle, je pouvais espérer une perpétuité de tranquillité et d'anonymat. La brusque, mais toute relative reconnaissance de mes tableaux m'avait presque ennuyé au début, même si une fierté un peu revancharde avait vite, je l'avoue, remplacé cette modestie de bon aloi.

La fille au pair était une laide et robuste Australienne rousse qui aurait découragé un kangourou dans le bush, mais se révéla être une nurse aussi dévouée qu'efficace, et aussi tendre que son physique de bûcheronne le permettait. Du reste les jumeaux l'adoptèrent très vite. Ils s'étaient révélés, à l'usage, un couple de bébés sereins qui se témoignaient en grandissant une affection à toute épreuve, solidaires à un point agaçant, mais bon, je n'allais pas m'en plaindre. Louise les adorait sans les idolâtrer, ce qui fut pour moi une surprise agréable. On allait pouvoir les éduquer sans trop de peine. Influencée par son métier, elle essaya bien, au début, de détecter chez ses enfants des signes de précocité alarmante. Par chance, ils n'apprirent pas à lire avant leurs 3 ans, ne donnèrent aucun signe d'hyperkinésie ou de torpeur malvenue, et ne composèrent aucune symphonie pianistique spontanée sur le vieil instrument du salon. Bref, ils étaient des enfants normaux, joueurs, heureux de vivre et raisonnablement doués. De quoi pouvais-je me plaindre puisque le rôle de père au foyer qui m'était dévolu à mi-temps s'en trouvait ainsi grandement facilité, avec l'intendance de Kate bien entendu. Louise apportait le supplément d'âme, les contes à dormir debout du soir ou les câlins poétiques du matin. Et des expos de peinture, des séances de mini-théâtre, en somme tout l'attirail culturel d'une mère bien née et soucieuse de l'éveil intellectuel de ses enfants. On avait acheté à Kate un livre simplifié de gastronomie enfantine qui évitait aux malheureux les sandwichs au beurre de cacahouète et autres horreurs natives du Queensland. Pour le reste, Louise et moi on se débrouillait assez bien. Je pouvais même dire que ces derniers temps, les instants de grâce se multipliaient comme des frémissements de lucioles dans la nuit. Je m'éveillais au bonheur comme d'autres découvrent un continent. Les odeurs, les saveurs me ravissaient. Même le quotidien avait un nouveau parfum de découverte. Je devenais moins tracassier, moins directif. Je baissais ma garde. La méfiance glissait de moi comme une pelure. Louise ne devait pas s'en plaindre, elle qui m'avait souvent connu crispé, aux aguets, sans comprendre pourquoi.

Et puis aujourd'hui, ce couperet. Dans un sens, je l'attendais depuis des années. Bien avant le surgissement de l'espoir dans ma vie, espoir qui avait correspondu à l'avènement de Louise et des enfants.

Des espaces froids restaient à franchir, des steppes de glace et de feu que j'avais bien connues, secrètement aimées. On ne se refait pas.

On m'avait accordé un sursis mais mon temps était venu à présent. J'avais des choses à régler. Et il ne me restait plus beaucoup de jours.

***

Mes beaux-parents habitaient un quartier résidentiel terne et chic, dans la grande banlieue de Liège, où toutes les maisons offraient l'aspect de cubes de briques rouges à toit pentu, encadrés de jardinets au cordeau. Une allée de gravillons menait à une double porte de garage peinte en blanc qui témoignait de la prospérité automobile des occupants. Comme d'habitude ? J'ai freiné devant la barrière, sans me donner la peine de klaxonner pour prévenir de mon arrivée. La mère de Louise devait me guetter derrière son rideau. De fait, la porte s'est ouverte en grand. Une silhouette encore juvénile, en tailleur bleu marine, s'est propulsée vers les jumeaux.

« Mes enfants ! »

Comme d'habitude j'ai bronché sous l'impact du possessif. La mère de Louise se penchait pour embrasser Tom, son préféré. Du moins c'est ce que je soupçonnais. Mais ça n'avait plus d'importance à présent. Elle se tenait devant moi, un peu hésitante, pressentant mon hostilité. Elle avait un joli visage, récemment repassé au botox. Des cheveux coupés net, comme la pelouse de son jardin.

« Entrez donc Nathan. Vous avez bien une minute ? »

Et comment donc ! D'un coup, ma rancœur a fondu. Comme hier devant Louise, des larmes me sont montées aux yeux. Dernière bouffée de sentimentalisme avant le grand saut. Je ne détestais plus cette femme. Elle était la mère de Louise après tout. Et moi, les mères, j'en connaissais mal l'usage. J'ai acquiescé.

« D'accord, pas longtemps, votre fille m'attend. »

Je suis entré à la suite des jumeaux dans un salon moquetté de clair où les bibelots se voulaient de bon goût, ainsi que les meubles cirés et alignés comme à la parade. Sur la table, un grand bouquet de jonquilles étincelait, comme une giclée de lumière jaune. Elle l'a désigné avec fierté. « Les premières du jardin ! Vous en voulez pour Louise ? »

« Non, pour mon usage personnel. Vous voulez bien me faire ce plaisir, Edmée ? »

Edmée Delaunoy m'a regardé, ne sachant si je plaisantais ou me moquais d'elle, ce qu'elle appréciait peu. Sa bouche s'est pincée et des rides survivantes en ont encadré les commissures.

J'ai corrigé le tir.

« Elles sont superbes et je suis sûr que cela fera plaisir à Louise. Merci. »

Pauvre Edmée, elle naviguait toujours entre deux eaux avec moi, tour à tour déstabilisée par ma torpeur ou mon agressivité. Je l'ai observée attentivement. On dit toujours que c'est bon signe lorsque les mères des filles que vous aimez ne s'avachissent pas trop vite. Bon signe pour le futur des filles bien entendu. Un matériau génétique de bonne tenue est toujours encourageant. Dans le cas d'Edmée, la nature avait été un peu trafiquée, je l'ai déjà dit, mais la silhouette en jetait encore et les yeux gardaient leur éclat derrière les lunettes à monture papillon dernier cri.

« Ainsi donc les enfants ne vont pas à l'école aujourd'hui ? Vous avez raison de me les confier. Vous serez plus libres pour vos activités cette fin de semaine. »

J'ai capté aussitôt le message subliminal : « C'est ça, larguez-moi les mômes pour mieux vous éclater, bande d'irresponsables ! »

Comme pour confirmer mon intuition elle a ajouté avec une certaine perfidie : « L'école n'organise pas une petite fête pour le Carnaval ? »

« C'est déjà fait. Vous avez loupé un grand moment belle-maman. Lola interprétait un hortensia dans le bal des fleurs, et Tom nous a joué son air des petits castors à la flûte à bec. Sans une faute. Il a été, j'ose le dire, ovationné ! »

Elle s'est presque étranglée : « Quand cela ?

— Vendredi passé, l'école avait pris un peu d'avance, mais vous étiez à votre cours de philo je pense ? »

La malheureuse réactivait ses neurones dans un « atelier » de conversation philosophique, « Le Boudoir des Philosophes », qui compensait le préjudice (soigneusement caché dans la famille) que lui avait causé son propre père, en interrompant ses études à 17 ans pour la faire travailler dans la boulangerie familiale. C'était une vacherie de ma part, je le savais, mais avec Edmée, je ne pouvais m'empêcher de rendre coup pour coup, malgré mon accès de mansuétude précédent. Vexée, elle a baissé la tête. Heureusement, les enfants sont intervenus :

« T'as rien raté Granny ! Tom, il a joué faux comme d'hab...

— Et Lola, a surenchéri Tom, a dansé comme un éléphant ! Elle avait rien d'une fleur, tu sais ! » Lola, mi-furieuse, mi-hilare s'est jetée sur son frère : « Sale menteur ! Je danse bien, moi ! »

Granny a levé ses mains baguées en signe de protestation. « Du calme les enfants ! Vous avez bien votre petite valise au moins ? »

J'ai désigné le sac de toile imperméable qui transvasait les trésors des jumeaux et accessoirement quelques nippes de rechange. Granny (pas Mémé) pouvait voir que j'avais pensé à tout.

La première, elle a donné le signe de reddition : « Et ce café Nathan ? Vous attendez Juju, au moins ? »

Juju n'était pas un chihuahua, c'était le beau-père de Louise. Il travaillait dans les assurances. Il ramenait des sous à sa moitié. Je l'aimais plutôt bien. Le vrai père de Louise était mort quand elle avait 16 ans. Cela nous faisait un point commun supplémentaire. Était-ce mieux ?

« Je n'ai pas le temps Edmée, malheureusement. Vous embrasserez Juju pour moi

— Bien sûr ! »

Tom et Lola se sont jetés à mon cou. Je les ai serrés, j'ai respiré leur odeur de lessive pour bébé et de shampoing. Leurs joues étaient douces. Si chaudes. Une angoisse terrible m'a étreint. L'espace d'un instant ma vue s'est brouillée. Je ne pourrai jamais. Jamais. C'était foutu.

« Tout va bien Nathan ? »

Elle était intuitive cette femme, finalement. Ou j'étais transparent. J'ai pris entre mes mains le visage de Lola, pointu, avec sa fossette au menton et ses yeux si sombres, sous les sourcils en aile d'hirondelle. « Tu seras une grande fille, hein ? Tu veilleras sur ton frère ? » Idiot de la prendre toujours pour l'aînée, elle si vive, avec ses 5 minutes d'avance... Mais Tom me semblait vulnérable comme un chevreau, incapable de rendre les coups, sensitif... Il allait souffrir. J'ai embrassé ses cheveux. Sa presque blondeur, celle de sa mère...

« À très vite, fils.

— À dimanche, Papa ! »

Je me suis hâté vers la voiture, sans attendre les jonquilles. Après tout, je bénéficierais peut-être d'un sursis si j'exécutais tout, bien, sans faillir ? Je devais pouvoir le faire, comme Burt, le poussin héros de l'album préféré des enfants lorsqu'ils avaient trois ans, toujours prêt à sauter de sa branche mais se ravisant sans cesse, ce qui provoquait leur hilarité. Sauf que je n'étais pas Burt et que je n'avais pas droit à l'erreur, n'est-ce-pas ?

Louise ne m'attendait pas avant midi. J'avais largement le temps de passer à la banque. L'argent liquide devait m'être livré au plus tôt lundi. Je devais aussi téléphoner à Phil, lui fournir une explication plausible pour ne pas honorer mon rendez-vous de fin de semaine et brouiller les cartes en ce qui concernait l'exposition de Venise. Dieu sait si j'en avais rêvé pourtant de cette biennale. Maintenant cela me semblait déjà s'éloigner de moi à toute vitesse, ma vie d'antan me filait entre les doigts, comme du sable... L'urgence était autre. J'ai braqué vers l'autoroute, le long de la Meuse, vers la ville. Le fleuve scintillait sous l'arc du pont. Je devais faire vite.

***

Quand j'ai traîné, dans l'herbe encore humide de la veille, une chaise de jardin - Louise m'a rejoint, un verre à la main. Elle portait une robe de lainage gris qui gainait son corps fin, presque acéré, longues jambes, ossature d'antilope. Le diamant que je lui avais offert pour la naissance des jumeaux brillait à son cou comme une goutte d'eau suspendue à un fil invisible. Elle a bu une gorgée et a agité la main qui tenait le verre.

« Tu en veux ? Bordeaux. Il en reste d'hier.

—J'ai besoin de quelque chose de plus fort si tu permets. »

Les carafes étaient alignées sur un guéridon, près de la fenêtre du salon. Louise aimait voir le soleil jouer dans les facettes du cristal. Il restait un fond de whisky dont l'ambré me réconforta bizarrement. Allons, les choses ne tourneraient peut-être pas si mal si je m'y prenais bien. Le beurre et l'argent du beurre aurait dit mon père, avec son bon sens populaire. Je n'y croyais pas trop mais cette fois j'avais besoin de me raccrocher au moindre fétu. J'ai rempli mon verre. Au diable la prudence. Le temps s'était radouci. Le ciel lavé et l'odeur d'humus m'ont fait du bien. J'ai respiré à fond et tenté un sourire.

« Tu as retenu à quelle heure ?

—Une heure. A l'Instant Bleu. On a le temps. Kate a pris ses trois jours. Elle a un copain je crois. Ou une copine ! »

Elle a ri. J'ai visualisé l'honnête visage massif de Kate, ses taches de rousseur, ses tenues pratiques de girl-scout.

« Je penche pour un copain – chaste et mormon. Ou un Irlandais pratiquant, comme ses ancêtres.

—Tu serais bien étonné. Kate en ville se métamorphose peut-être en panthère du sexe, string et fouet...

—Plus le fouet que le string...

—On parie ? »

C'est étrange. Je pouvais encore badiner, regarder sans fléchir le cou vulnérable de Louise que le rire renflait en douceur, aimer la couleur indécise et pâle de ses yeux sous la frange trop longue, toucher le petit diamant au creux de sa gorge...Tout cela était doux et familier, comme une sorte de monde parallèle que j'allais quitter bientôt. Avec infiniment de regret. Mais les regrets n'étaient plus de mise ; j'avais bénéficié d'un trop long sursis, j'en étais conscient, on ne vous fait jamais deux fois le même cadeau et tout avait un prix. Ce bonheur plié comme un drap propre ce n'était plus pour moi. D'ailleurs, n'y avait-il pas eu des signes avant-coureurs ? Une sorte de malaise, encore vague, un sentiment d'angoisse et de vide, qui m'arrivait par bouffée, me forçant à courir au miroir contempler mon visage. A ce moment-là, mes traits me semblaient comme brouillés ; les yeux très noirs, le menton fendu, le nez... j'avais l'impression d'être devant un étranger que je n'aurais pas reconnu dans la rue. Nathan Keller.

« Nathan, ne le prends pas mal, mais je te trouve lointain ces derniers temps. Tu n'as pas d'ennuis au moins ? »

Louise avait l'art de me prendre de court alors que ses mots étaient toujours en train de ronronner innocemment dans ma tête, sans interrompre le fil de mes pensées. C'était la deuxième fois en peu de temps qu'elle s'inquiétait à mon sujet. J'ai sursauté. Elle me palpait de ses antennes. Dangereuse si on n'y prenait garde. Depuis notre première rencontre où je l'avais banalement draguée dans un café, fasciné par l'immédiate séduction qui se dégageait de son sourire, je savais qu'elle serait pour moi à la fois une chance et un écueil. Ma chance, elle l'avait été pendant plus de dix ans. Maintenant, il allait falloir payer l'addition.

« Quel ennui ? Au contraire, tout baigne en ce moment. J'ai vendu des tableaux, mon travail me satisfait, tu es belle à damner une brochette de saints et j'ai la dalle, ça tombe bien tu as réservé au resto. Que demande le peuple ? »

L'important était d'éloigner les soupçons. Louise ne devait se douter de rien. C'était ça le plus dur. Elle avait des antennes de libellule, je le répète. Je devais surtout éliminer cette impression de pesanteur qui me plombait la poitrine, étouffer le mantra affolé qui tournait dans ma tête.

D'accord je n'avais pas le choix. Mais on a toujours le choix aurait dit mon père. Il le disait encore peu de temps avant sa mort. Qu'il avait donc choisie, usé par la maladie, lui, refusant les prolongations. « Ça suffit, le fils. On arrête de jouer. Dis-moi au revoir maintenant, ça vaut mieux. J'ai tout prévu. Tu dois juste me foutre la paix cette nuit et promettre de garder le cap. » Le matin, je l'avais découvert apaisé, le visage cireux. La morphine l'avait proprement sorti de scène. Je n'étais pas sûr d'y arriver aussi bien. Je ne le suis toujours pas.

Mon laïus de faux-cul a pourtant marché. Louise s'est détendue. J'ai siphonné le fond de mon verre ; j'avais un urgent besoin de la brûlure de l'alcool.

« On y va ? »

Il a, comme d'habitude, été un peu difficile de se garer au centre-ville. Divers travaux et échafaudages barraient les rues. Les feux rouges n'en finissaient pas. Les piétons m'emmerdaient (quand je suis piéton, je hais les automobilistes). Cependant, je rongeais mon frein pour ne pas alerter davantage Louise qui chantonnait à présent une scie à la mode, en même temps que la radio de bord. Finalement j'ai pilé contre une bordure de trottoir, derrière une camionnette de blanchisserie. Pas le moment de ramasser une contredanse. Louise a rajusté son manteau de demi-saison et cherché à tâtons ses escarpins qu'elle expédiait toujours sous la banquette. Je l'ai suivie, gravant dans ma mémoire sa silhouette haute et dansante, ses talons fins qui picoraient précautionneusement les pavés. On est entré en même temps dans la salle à manger du restaurant. Un garçon de salle aux cheveux hérissés et à l'air déférent nous a conduits à notre table, près de la fenêtre qui donnait sur la place. Comme d'habitude, Louise a lancé un bref regard au miroir cerclé de cuivre qui nous faisait face pour vérifier sa coiffure. Un demi-sourire de contentement a éclairé son visage et de nouveau mon cœur s'est serré, atrocement. Je la contemplais assise en face de moi. La plaine blanche de la nappe nous séparait. La main de Louise s'est allongée pour jouer avec une petite salière en cristal posée entre nous. Son sourire me crucifiait. C'était ce que j'avais remarqué en premier chez elle, ce sourire, comme un vol suspendu, une sorte de musique un peu triste à moi seul destinée. On ne pouvait pas l'oublier, il restait gravé en vous comme celui du Chat de Chester. Il n'allait pas disparaître, ce n'était pas possible.

Le garçon, qui nous déployait la carte sous le nez m'a tiré de mon hébétude. J'ai choisi au hasard une entrée et un plat et j'ai confié le choix du vin à Louise qui de nouveau m'a regardé avec surprise. Ce n'était pas dans mes habitudes. J'aimais orienter ses goûts ; mon fameux dirigisme...

« Eh bien avec le poisson nous prendrons donc... » Je n'ai pas écouté la suite, je me suis précipité dehors et j'ai allumé une cigarette. J'attendais le dessert d'habitude. L'air frais m'a ranimé et la première bouffée a secoué mes synapses. J'ai jeté la cigarette à peine entamée sur le trottoir, sous le regard de blâme d'un passant et j'ai manœuvré pour regagner ma table, entre les clients nouvellement arrivés qui se débarrassaient de leur manteau. Louise, un peu vexée, avait déjà bu une gorgée de vin blanc, comme pour me défier.

« Dis-donc, tu m'abandonnes déjà ? »

J'ai frissonné.

« Je suis là mon amour. A toi ! »

J'ai levé mon verre à mon tour. Abandonner Louise...

Pas rancunière, elle a aussitôt enchaîné :

« C'est bien cette escapade au milieu de la semaine ! J'adore les enfants mais je ne suis pas fâchée quand les parents prennent la relève de temps en temps, pas toi ? »

Elle me testait. Elle savait que je n'aimais pas ses parents. Elle en avait. Moi pas. On n'était pas à égalité et je n'étais pas du genre à chercher des substituts. Comme si elle avait deviné mes pensées, Louise a poursuivi, un brin provocatrice :

« Je sais que tu as ma mère dans le nez mais reconnais qu'elle rend des services parfois, non ?

— Ta mère est parfaite. Ses coutures craquent un peu derrière les oreilles mais elle est parfaite. Tu as raison. J'aime nos moments à deux. Et je regrette de te tourmenter parfois, inutilement, de t'imposer mes vues, de ne pas m'intéresser davantage à ce que tu fais... »

Cette fois Louise a arboré un air de franche stupéfaction :

« Ça veut dire quoi cette contrition ? Tu as quelque chose de grave à te faire pardonner ? Une blonde à gros seins ? Un plagiat de Braque ? Pour ta gouverne, ça me déstabilise quand tu ne discutes pas le menu ou la couleur des rideaux. Et je déteste parler de mon travail. Il me prend assez la tête comme ça et je ne travaille pas dans une banque, je ne fais pas de montage financier, Dieu merci. Le poids de la crise ne va pas nous retomber sur le dos si ma pédagogie différenciée ne titille pas assez mes petits génies...

— Tu as charge d'âme ; c'est important. Plus que si tu travaillais dans une banque. »

—Charge de cerveaux, d'abord. Jeunes cerveaux en ébullition à ménager. QI de compétition. Parfois j'aimerais m'occuper de neuneus, ça me reposerait. On dit qu'ils sont affectueux. Les miens sont volontiers autistes, tu sais ?

— Les miens ! Tu vois que tu t'attaches !

— Bien sûr ! Et je suis aussi attachante, non ?

Elle a picoré une crevette, l'air espiègle.

« Je te suis d'ailleurs fort attaché, tu t'en souviendras, non ?

— M'en souvenir ? Tu as peur que je ne l'oublie ? C'est une idée bizarre. Mais tu es un gars bizarre de toute façon, c'est pour ça que tu me plais.

— Explique ? »

Je me suis resservi de vin. Le garçon s'est précipité, vexé que j'aie devancé son service. Louise contemplait à présent sa sole meunière encadrée de délicates petites feuilles d'épinard disposées en arabesque.

« Ah, tu aimes ça quand on parle de toi, hein, Narcisse ? - elle a souri.

— Peut-être parce que j'ai peur de ne pas me connaître, en fait. De ne pas savoir avec certitude de quoi je suis capable... Le point de vue des autres m'intéresse...

— D'abord, je ne suis pas « les autres », ensuite, pourquoi veux-tu te connaître ? Reste dans le flou, surprends-toi ! Surprends-moi... »

L'ironie involontaire de sa remarque m'a fait tressaillir ; pour être surprise, elle allait l'être, la pauvre enfant.

« En fait, tu m'as surprise dès le début, souviens-toi ? Cette manière de m'aborder en disant que mon sourire te faisait mal, que je ferais mieux de partir et d'éviter ce qui allait inéluctablement suivre et qui nous plairait pourtant... Je n'avais jamais rencontré quelqu'un d'aussi culotté, d'aussi prétentieux, et quand j'ai vu que tu avais les larmes aux yeux, pour de vrai, cela m'a complètement déstabilisée. Pour le coup je me suis dit que tu étais fou ou comédien, mais un peu trop beau mec pour que je te remballe, hélas...

— Hélas ? »

— Oui, tu as parlé de coïncidence, de vibrations, c'est exactement ce que je ressentais. Et puis tu as deviné que j'étais paumée, malgré mes airs bravaches, et que j'adorais le cinéma et détestais le théâtre, c'est quelque chose ça ! En 15 secondes.

— 20

— OK, 20. Je ne sais pas grand-chose de toi, Nathan, au fond...

— Parce que je n'aime pas parler de moi. Tu sais l'essentiel.

« — Tu es un jeune rentier orphelin et tu peins. Pourquoi peins-tu, Nathan ? Au début, ça m'impressionnait, ton besoin de silence, de te couper du monde. Enfin, pour être franche, je me suis dit aussi que tu te la jouais artiste maudit, grand loup solitaire, ça me faisait rigoler. Et puis j'ai vu tes toiles et j'ai compris.

— Tu as compris quoi ?

— À quel point tu es seul, vraiment, malgré moi. Malgré nous. Même si tu es un père parfait... Tes toiles te trahissent, mais c'est beau. Je ne vais pas m'en plaindre.

— Beau... Mmm, critère d'un autre âge...

— Ne me fais pas un numéro de critique conceptuel, il y en a assez sur le marché, et ils pensent gros sous de toute façon...

— Tu ne manqueras jamais d'argent, Louise... »

Je pensais à mes transactions du matin. Louise a rougi, contrariée soudain.

« Pourquoi tu me dis ça ? Je gagne ma vie, je n'ai pas besoin de toi ! » Elle a reposé sa fourchette d'un air belliqueux. Je lui ai pris la main, de force.

« Je disais ça en l'air...

— Ça m'étonnerait. Tu ne parles jamais en l'air. Mais bon, je t'accorde le bénéfice du doute. »

Le vin blanc commençait à nous monter à la tête. La bouteille était presque vide. Je chipotais mon aile de raie. Pas faim. Gorge nouée. Louise a rallumé son sourire ; une source a jailli.

« Alors Nathan, pourquoi peins-tu ? Tu n'as jamais répondu à ma question...

— Je ne sais pas. J'ai toujours peint, comme d'autres chantent, écrivent ou font du jogging ; c'est une manière de dériver... »

J'en avais peut-être d'autres, qu'il valait mieux qu'elle ignore.

« De dériver ? Je croyais qu'un artiste communiquait ?

— Ah, le fameux pinceau phallus, qui ordonnance le monde...C'est ainsi que tu me perçois ? Pourquoi pas au fond ? Mais je ne suis pas sûr de vouloir communiquer, comme tu dis. »

J'ai soudain plongé mes yeux dans ceux de Louise.

« Je ne peux rien communiquer Louise, c'est là mon drame. Tu comprends ? ». Je n'avais jamais été aussi près de craquer. Louise l'a senti. J'ai eu peur et envie à la fois qu'elle en tire avantage. Elle s'est contentée de me rendre mon regard, avec gravité. Puis, comme si elle pressentait un danger, elle a baissé la tête, sans répliquer. C'est moi qui ai enchaîné, mû par un besoin un peu désespéré de clarifier l'indicible :

« J'aimerais que tu ne m'en veuilles pas, que tu saches que l'on n'est pas toujours responsable de ses actes et qu'il y a des choses qui nous dépassent parfois... Je peins, c'est entendu, ça me fait du bien, ça commence à prendre de l'allure mais je ne vais pas poser à l'artiste torturé. Je pourrais arrêter du jour au lendemain. J'en serais malade mais je le pourrais.

— Pourquoi me dis-tu ça ? Et puis, c'est fumeux ton concept de *on n'est pas responsable de ses actes*, c'est quoi ce truc ? Bien sûr que si, on est responsable de ses actes, et de quels actes parles-tu au juste, tu commences à m'intriguer !

— Je parlais en général, Louise, ne prends pas tout au tragique !

— C'est bien une chose que tu ne me reconnais pas d'habitude, le sens du tragique ! Louise l'insouciante, Louise qui se fout de tout, Louise et ses plumes de canard imperméables !

— De fort jolies plumes ma foi... »

Il fallait de toute urgence recadrer la conversation en mode badinerie, je m'étais laissé aller, c'était dangereux et surtout inutile. Mais Louise mordait à l'hameçon cette fois.

Elle a éloigné d'un geste impatient le garçon qui attendait l'annonce des desserts.

« Ne me fais pas marcher. Depuis hier tu as l'air absent, tu t'exprimes par énigmes, tu ponds des aphorismes...– Avoue, tu as raflé une grosse commande ? Ou ton agent s'est défilé ? Je ne le sens pas ce Philippe. Il a failli te faire louper Venise, il est foireux, pas vif sur la balle, trop préoccupé de lui-même et aveuglé de fausses mondanités...– Un « people » à la con. Vous n'allez pas bien ensemble. Voilà, tu ne me demandes jamais mon avis, mais je te le donne quand même.

—C'est un meilleur agent que tu ne le penses, je t'assure. Il faut gratter le vernis. Tout va bien de ce côté-là Louise. »

Elle a soudain porté les mains à ses joues dans un geste presque enfantin de panique.

« De ce côté-là... Tu n'es pas malade au moins ?

— Je me porte comme un charme. Je parlais en général. Bon, on ne peut pas avoir une panne d'inspiration sans que tu t'alarmes...

— Ce n'est que ça ! »

Son soulagement, paradoxalement, m'a agacé. Louise l'insouciante reprenait le dessus.

« Que ça ! Mais c'est ma vie !

— Oh, ta vie... Tu viens juste de me suggérer le contraire ! Et puis ta vie, c'est nous, non ?... »

Son calme aurait dû me rassurer. Mais une rage obscure, peu raisonnable, s'est mise à bouillonner en moi.

« Bien sûr ! Ça te rassure, hein, ce rôle de père tranquille ? Toi et les enfants estampillés « Centre de l'univers » et moi gravitant autour comme un satellite balourd... Préposé aux goûters et aux petits couchers de ses rois-soleil miniatures. Faisant les courses et la vaisselle...

— Cendrillon quoi ! T'exagères pas un peu ? On a un lave-vaisselle ! »

Bien dans la manière de Louise de désamorcer une querelle, de raboter les aspérités de la vie d'un revers de main, d'un éclat de rire. Toute son inquiétude s'était dissipée et j'aurais dû m'en réjouir. J'avais frôlé la faute. Mais la colère noircissait encore mes veines et je cherchais l'affrontement. La vie ne m'avait décidément rien appris.

« Arrête de faire l'idiote. Je ne suis pas fonctionnaire, moi, et si j'arrête de... »

Elle m'a interrompu, les larmes aux yeux :

« Tu deviens injuste. Qu'est-ce que je t'ai fait ? Cette vie, c'est toi qui l'as choisie, non ? Tu m'en as assez fait l'apologie, toi le privilégié qui étais si fier de ne pas faire partie du troupeau des prolétaires, des lève-tôt, des fonctionnaires minables comme moi, et voilà que maintenant tu joues les victimes, et les victimes méprisantes en plus ! C'est trop fort ! »

Je voyais rarement Louise en colère, rarement Louise malheureuse, et c'était juste la dernière injustice que je voulais éviter. La honte m'a presque fait suffoquer :

« Louise, excuse-moi. Je suis un con. Un abruti de première... Je suis désolé ma chérie... Je ne voulais pas dire ça... Tu as raison bien sûr... Et il faut vraiment que tu saches que... » – ma voix s'étranglait. J'ai senti le regard des gens sur moi. J'étais en train de me donner en spectacle et le visage défait de Louise devait attirer les supputations malheureuses. Heureusement, c'est elle qui m'a relancé, les mâchoires crispées :

« Que ?...

— Que j'aime ma vie avec toi. Je l'ai déjà dit. C'est même la seule chose qui compte. Le reste n'a aucune importance, tu me crois ? C'est la seule vérité. Il n'y en aura jamais d'autre. Jamais. Quoi qu'il arrive !

— Tu verses dans le mélo... Pas ton genre... » – mais elle souriait à nouveau, cherchant l'embellie. Une ombre de chagrin s'attardait bien un peu aux coins de ses lèvres, mais elle se maîtrisait. Encore une fois le charme agissait.

La grâce de son sourire, le glacis de larmes qui vernissait son regard, les mèches floues de ses cheveux, tout cela que j'aimais, qui m'avait été accordé jadis comme une offrande, et que je saccageais, prenant de l'avance sans raison... Idiot. Sombre idiot. Je me détestais.

« Louise, mon dernier tableau sera pour toi, rien que pour toi. On vendra tous les autres, si on peut ! Tu as les procurations, tu sais ?

— Et on deviendra très riches, je sais cela aussi ! »

On reprenait le mode léger. L'alerte avait été chaude. Le public se désintéressait de nous. Pas de scandale en vue. On commandait benoîtement les sorbets et les cafés de fin de partie. Je serrais entre les miens les doigts chauds de ma femme. Elle se recoiffait devant la glace de l'entrée, traversait la place en direction de la cathédrale, louvoyait entre les passants, se retournait pour me chercher du regard. Je la suivais, au long des rues étroites encombrées, des vitrines chargées de lumières, humant l'asphalte et les parfums volatils des autres femmes.

Envie de rentrer, de foncer avec la voiture dans la Meuse peut-être (d'accord pour le mélo, pourquoi pas ?) – mais rien que d'imaginer le choc, la chute, les murs d'eau grise, l'oppression hideuse des fonds fluviaux, les remugles de fange, j'étouffe, pris de panique. Impossible. Dans le confort douillet de l'habitacle, Louise s'étire. Sa peau sent l'iris et la vanille. Impossible. Il faut rentrer vite. S'enfermer dans notre chambre. S'allonger sur le lit. Faire l'amour de toute urgence. Oublier demain et les autres jours. On a encore le temps.

II

Une dernière fois, j'ai appelé Louise sur mon portable. Sa voix claire et enjouée a décliné l'antienne familière : « Bonjour ou bonsoir, les Keller-Delaunoy ne sont pas disponibles pour l'instant mais rappelez quand vous pouvez ! »

J'ai enlevé la batterie et l'ai jetée par-dessus le parapet. Idem pour mon portefeuille, vide. Une série de cartes plastifiées a suivi, soigneusement cisaillées, lestant une enveloppe de carton. J'ai hésité pour la bague, mais c'était plus douloureux encore de la garder. Elle a glissé dans l'eau grise, elle aussi. J'ai repris ma marche, curieusement allégé. Les souvenirs de la veille s'estompaient déjà. Le corps tiède de Louise ensommeillée, les cheveux déployés sur l'oreiller, ses épaules nacrant la nuit. Sait-on jamais que l'on fait l'amour pour la dernière fois ? Je n'ai pas dormi. J'avais rabattu la couverture pour mieux découvrir ce corps qui déjà n'était plus mien, s'enfonçait dans l'éloignement, s'abolissait en douceur, dans le creux de ses courbes et de ses vallonnements secrets... Je me suis penché. J'ai capté le parfum d'iris de la nuque, la chaleur d'un ventre ému, offert. Puis je me suis levé. J'ai osé la dernière inspection : la veilleuse bleutée de la chambre des jumeaux, les deux lits-bateaux tête-bêche (ils n'acceptaient pas encore de se séparer pour la nuit, et basta, on reconsidérerait le problème plus tard, tant pis pour les psy), leur bouille de chaton aux yeux clos... Ma montre, cadeau de Louise, abandonnée sur la table de chevet... J'ai une fois encore respiré l'odeur de la maison, toute peuplée d'ombres. Isolé dans mon atelier, j'ai posé la dernière touche de vernis sur le tableau destiné à Louise et l'ai posé contre la grande toile pourpre. Elle comprendrait peut-être... Pas de mot. Surtout pas. Qu'aurais-je pu dire qui justifiât l'injustifiable ? J'ai attendu que la maison s'ébroue... Premières lueurs de l'aube contre les vitres. Cris et rires des enfants. Remontrances tendres de Louise. Ses pas dans la cuisine et le bruit des bols heurtés. Ils acceptaient mes règles, dictées la veille. Ne pas me déranger ce matin-là. L'artiste crée. Accouche du monstre, enfin... On se verrait le soir. Le moteur d'une voiture qui s'emballe. Et puis le silence enfin. Définitif. Je pouvais partir.

***

Mon sac neuf ne pesait pas lourd. Vêtements et linge de rechange, jamais portés, neutres. Ma gabardine beige, une couleur que je n'aimais pas d'habitude, était peut-être moins pratique qu'un blouson mais elle avait l'avantage de se confondre avec les murs. Les papiers et la lettre étaient dans la poche intérieure. L'argent aussi.

Une dernière fois j'ai utilisé le téléphone de la maison pour appeler le taxi qui devait me déposer devant le pont. Il est arrivé très vite. C'était mieux. Pas le temps de réfléchir, de m'imprégner des effluves mortels de l'abandon. Mon Eurydice pouvait être tranquille. Je ne me retournerais pas.

L'eau a frémi en contrebas, puis le sillage d'une péniche a labouré mes regrets. J'ai repris ma marche. Après le feu rouge, la voiture m'attendait, garée dans le tournant. Une Renault Laguna grise passe-partout. Les clés étaient déjà dans ma main. J'avais hâte de fuir la ville.

Sur l'autoroute, j'ai roulé prudemment, désireux d'éviter tout flash inutile. Etonné de retrouver si facilement le chemin. Puis j'ai bifurqué. Les champs de maïs s'alignaient à présent de chaque côté, alternant avec des nappes de colza d'un jaune acide. Peu de nuages. Il y avait une radio dans la voiture mais, comme à mon habitude, j'ai préféré le silence. Louise au contraire aimait s'enrober de bruit et de rythmes. J'ai secoué le front comme un cheval qui évite un insecte. Ne pas penser. J'avais encore du chemin à faire et des tas de détails à régler. J'ai quand même ouvert la boîte à gants et sous le carnet de bord de la voiture j'ai deviné la forme compacte du revolver. Je me suis demandé si c'était le même et puis, après tout, quelle importance ? J'avançais. Je me suis même surpris à siffloter en appuyant sur l'accélérateur. « Connais-toi toi-même » - Socrate aurait désapprouvé. J'étais loin de me connaître, en effet.

J'ai passé la frontière sans m'en apercevoir, comme la plupart des gens. Vive Schengen. Ne pas emprunter l'autoroute pour éviter les péages et les poids lourds, c'était une routine qui revenait assez vite.

Je me suis pourtant arrêté dans un snack de routiers. C'était un risque plutôt mince. Je me suis aperçu que je mourais de faim.

Au comptoir, sans m'attarder, j'ai commandé un sandwich et une bière et suis revenu m'installer au fond de la salle, chichement éclairée de lampes à abat-jour rougeâtre. Il y avait peu de monde. Un gros type mal rasé qui bâfrait une assiettée de spaghetti et un jeune couple à l'air inquiet, qui se parlait à peine. J'ai évité de les regarder, tout comme j'ai contré l'œillade intéressée de la serveuse en dépliant ostensiblement la gazette de la région devant mon visage. Les nouvelles ne m'intéressaient pas. J'avais dépassé l'âge de l'astronome indifférent de Cioran... Les potins du monde ne pouvaient plus m'atteindre. C'est à peine si la pensée de Phil m'a effleuré. Monterait-il la Biennale sans moi ? Louise se réjouissait tant d'aller à Venise... Une crispation dans la région du cœur m'a averti de ne pas poursuivre sur cette voie. Fermer les écoutilles. Le seul principe à présent.

« Un dessert Monsieur ? »

La serveuse se campait devant moi, poings sur les hanches, dans une pose un peu convenue de soubrette de comédie. Elle n'en n'avait hélas ni l'âge, ni le poids.

« Non merci. Un café noir et l'addition. »

Vexée, elle a regagné sa niche. J'ai expédié le café, pressé de retrouver l'espace rassurant de la voiture. J'ai résisté à la tentation de relire la lettre mais je la connaissais par cœur. Elle ne m'aurait rien appris de plus que les pleins et les déliés de ces lettres violettes scellant l'opacité de mon futur. J'ai repris la route. L'asphalte se déployait docilement devant moi. Je serai là avant la nuit.

J'ai tout de suite reconnu la maison, avec sa grille rouillée, ses volets jamais repeints. Le jardin était toujours aussi échevelé, un jardin de curé iconoclaste, où les plantes et les buissons se dévoraient entre eux.

Comme je le devinais, la porte était ouverte. Je n'ai pas eu besoin de faire tinter le carillon de l'entrée, ni de héler sur le seuil le maître de céans. Au bout du couloir, on m'attendait.

« Nathan, enfin ! »

Il se tenait toujours droit, avec ce port de tête orgueilleux qui lui avait valu tant de conquêtes injustes, et son regard n'avait pas changé, plus pâle que jamais, perçant et froid, un regard de loup-cervier qui ne rate pas sa proie. Mais les rides étaient là également, profondes, sur le front et autour de la bouche. Le temps taclait aussi les salauds, maigre consolation. Il m'a serré brièvement la main.

« C'est bien, tu as fait vite.

— J'ai suivi vos instructions.

— Entre, tu connais la maison. »

J'ai pénétré à sa suite dans une sorte de salon foutoir, encombré de livres et de journaux posés à même le sol, sur des tapis turcs tachés ; le vieux divan occupait sa place habituelle, près de la fenêtre à moitié voilée d'une étoffe lourde, brodée d'argent, dont les franges prenaient la poussière. J'évitais, bien sûr, d'accrocher mon regard au tableau suspendu au-dessus de la cheminée. Une odeur de Clan, puissamment vanillée, flottait dans la pièce.

« Vous fumez toujours la pipe ?

— T'inquiéterais-tu pour ma santé ? »

Il a poussé son petit rire rauque comme un jappement. J'avais l'impression de marcher à toute vitesse à reculons. Je me suis laissé tomber dans le fauteuil de cuir. Il a pris place sur le divan, bras éployés sur le dossier, royal... J'ai tenté un sourire :

« C'est toujours le souk ici !

— Pourquoi voudrais-tu que ça change ? J'aime croire en la pérennité des choses, tu le sais bien...

— Pourtant vous m'avez appelé. Vous auriez pu laisser le monde en ordre...

— Le monde en ordre ! Quel mauvais film Nathan ! D'ailleurs, j'ai menti, il y a des choses qui ont changé, regarde... »

Il a désigné du doigt le tableau, me forçant à me lever, m'approcher, malgré le sang qui battait dans ma gorge. J'ai pâli malgré moi. Le visage du modèle avait été effacé, proprement, d'une giclée de peinture noire. Sous la tache d'ombre, le corps de Natacha resplendissait encore d'arrogance, seins tendus et blancs, mains puissantes, ventre bombé sous la soie...

« Qu'en dis-tu ? On dirait un Magritte, non ? Je sais que tu faisais dans l'abstrait ces derniers temps mais tu peux reconnaître d'autres talents, j'espère ?

—Tout à fait. C'est... surprenant. Et un peu théâtral comme initiative, il me semble ?

—Je ne trouve pas. Et puis regarde, je suis entré dans la modernité... » – il a tendu le bras vers la table de bureau que j'avais toujours connue encombrée de papiers et de cahiers. Le grand encrier avait disparu, ou changé de place. Et l'écran d'un ordinateur brillait vaguement dans la pénombre.

« En effet. Mais l'écrit est plus sûr, c'est vous qui me l'avez appris. Les bonnes vieilles méthodes ! » et j'ai agité la lettre sous son nez.

— Nous y voilà. Tu as raison. Il est temps de passer à l'essentiel. »

Il a repris la lettre et, sous mes yeux, l'a froissée dans un cendrier et allumé la flamme d'un Zipo. J'ai regardé la courte flamme s'élever puis se tordre au-dessus d'un petit tas de cendre.

« Bon, tu sais ce qui te reste à faire. Je ne t'enverrai pas de mail bien entendu, et toi non plus... » – il a de nouveau poussé son curieux jappement.

« Ce sera plus difficile cette fois... J'ai... Enfin beaucoup de temps a passé, je croyais sincèrement...

— Que je te foutrais la paix ? Je ne te croyais pas naïf, mon garçon. Les bonnes choses ont une fin. Comme si tu l'ignorais, toi ! »

J'ai faiblement hoché la tête.

« Et tout se paie. Cash. D'ailleurs à propos de cash, tu ne manqueras de rien, comme d'habitude. Et ta petite femme non plus, si c'est ce qui t'inquiète. Tu as eu tort de faire des enfants... Si je puis me permettre, elle t'a bien eu, mais ce genre d'inconvénient nous pend tous au nez, on ne peut pas toujours être sur ses gardes... » Il a eu son sourire un peu fat, et je l'ai haï soudain, avec une intensité dont je ne me serais pas cru capable. Il l'a senti et corrigé le tir.

« Tu les reverras, ce n'est pas exclu.

— Vous savez bien que si.

— L'action va être éteinte... Après, ce sera vraisemblablement la fin. Il suffira de respecter un délai raisonnable et de trouver un bon moyen de...

— Je ne suis pas sûr d'y tenir...

— Tu redeviens toi-même, c'est bien. Tu peux t'accorder des parenthèses, c'est humain, mais tu ne dois pas oublier notre pacte. »

J'ai éclaté de rire et il a tiqué ; il n'aimait pas qu'on se moque de lui.

« J'ai dit quelque chose de drôle ?

— Pas du tout. Vous êtes rarement drôle. Mais cette histoire de pacte, ça me fait penser à Faust, et j'ai presque vu vos cornes pousser...

— Hum, c'est vrai que je me vois assez bien en Méphisto, mais j'ai trop d'arthrite pour le rôle à présent... »

Il m'a montré ses doigts déformés. Pourtant son écriture n'avait pas changé.

« Donc humain, trop humain...

— Exact. Seuls les humains ont à ce point besoin de vengeance, Nathan, ce n'est pas toi qui diras le contraire. Elle te fait vivre, et dans le confort. La vengeance est une émotion salutaire, qui fait circuler le sang dans les veines, qui épanouit les neurones. C'est mieux que la jouissance. C'est LA jouissance...

— Vous vieillissez. On a les jouissances qu'on peut.

— Tu n'arriveras pas à me vexer. Tu sais que j'ai raison. Sinon tu ne serais pas venu aussi vite.

— Avais-je le choix ?

— Oui, d'une certaine manière...

— Et Louise ?...

C'est la première fois que je prononçais son nom devant lui. Il n'a pas bronché.

« Nous ne sommes pas des monstres ; on règle seulement leur compte aux coupables. Ce n'est pas à toi que je vais l'apprendre.

— Mais il y avait quand même un risque, n'est-ce pas ? »

J'avais désespérément besoin qu'il me dise oui.

« Sincèrement, je ne crois pas. Mais si ça te rassure de le penser, je te comprends. Et peut-être que tu as raison. Je n'aurais pas apprécié une rébellion de ta part. Si nous sentons le moindre danger... Mais au fond, tu es aussi impatient que moi, Nathan. Ne te leurre pas. Tu as les mêmes priorités. Ose le nier ?

— Je ne sais plus... Franchement...

— J'ai peut-être eu tort de te laisser t'enliser dans ta niche conjugale. Les enfants, les tableaux... Quelle idée, dans ton cas, de rechercher la reconnaissance ? Tu savais à quel point ce serait gênant ?

— Je ne l'ai pas fait exprès. Et puis, quelle importance, maintenant ?... On oubliera mes velléités de succès comme on oubliera le reste... Je ne laisserai pas un grand vide, sauf pour... eux... mais le temps fera son œuvre, comme d'habitude.

— À la bonne heure. Tu abandonnes tes illusions. Tu n'étais pas fait pour cette vie, Nathan. Tu es moins frivole que ça.

— Qu'est-ce que vous savez de moi, d'abord ! »

J'avais presque crié. Il a souri, cette fois avec douceur. C'était une première...

« Je te connais bien mon petit. Je suis même le seul à te connaître...

— J'espère que vous ne vous trompez pas.

— Au risque de te sembler présomptueux, je ne me suis trompé qu'une fois... » – il a désigné le tableau, le grand corps blanc décapité, lumineux comme une lune d'avril... Natacha...

« Et ça ne m'est plus jamais arrivé. »

J'ai baissé la tête. Vaincu. Soulagé.

III

LOUISE DELAUNOY

Au début, Louise ne sut que penser. Les enfants couraient dans la maison, appelant leur père à pleine voix.

La cuisine était débarrassée, propre. Le pain et les pots de confiture étaient disposés avec exactitude au centre de la table, les deux bols bretons à motifs bleus (souvenir de Plogoff) attendaient sagement leur propriétaire, comme dans le conte de Boucle d'Or.

Elle courut à l'atelier et découvrit un espace baignant dans une quiétude inhabituelle, un peu morte ; c'était peut-être à cause des tableaux, tous retournés, du chevalet nu ou d'un soleil en fin de course qui s'étouffait entre les branches et ne parvenait pas à éclairer les vitrages de la véranda (il faudrait les laver un jour...).

Elle monta dans leur chambre. Le lit était défait, et elle repéra tout de suite la montre sur la table de chevet. Ce détail, bizarrement, la glaça. Mue par une sorte d'intuition, elle se rua vers la penderie et fit coulisser ses portes laquées. Les vêtements de Nathan pendaient sur leurs cintres, ses souliers bien cirés s'alignaient à la porte du dressing. Elle ouvrit les tiroirs. Le linge était plié, les pulls de cachemire qu'elle aimait lui offrir étaient empilés avec soin, il n'en manquait aucun, elle aurait pu le jurer.

Machinalement, elle en prit un, le déplia, et enfouit son visage dans la laine qui gardait son parfum. Sa perplexité s'intensifia. Elle se dirigea vers la salle de bains. Tout était en ordre. Le jeu de rasoirs à l'ancienne (le côté dandy de Nathan) et les deux brosses à dents se reflétaient dans les glaces murales qui démultipliaient aussi les flacons : encens pour Nathan, iris et vanille pour elle.

Avec ce qui ressemblait à de la colère, elle parcourut tout l'étage au pas de charge, ouvrant les portes à la volée, inspectant les chambres des jumeaux, la pièce où ils jouaient et faisaient leurs devoirs, son bureau à elle, qui semblait toujours avoir été bombardé à coups de mortier (elle n'avait aucun ordre, comme si son calme apparent, sa placidité affichée, libéraient, dans l'intimité de cette pièce, une sauvagerie mal muselée).

Dans l'escalier qui menait au second, elle dut s'appuyer un instant contre la rampe, étonnée elle-même par la tempête qui la secouait. Après tout, Nathan n'était pas à la maison. Cela n'avait rien d'anormal. Il avait pu faire une course, se balader dans le bois qui jouxtait le jardin, comme ça lui arrivait parfois, ou se rendre chez Philippe. Elle poursuivit son ascension vers le bureau de Nathan, mais cette fois, elle n'attendait rien, et ne comprenait plus la panique qui l'avait dévastée.

Comme elle s'y attendait, la pièce était déserte, aussi rangée et nette que la sienne était encombrée. Peu de livres, les essentiels, selon lui, des auteurs anciens, classieux, des revues d'art, un ordinateur d'un modèle désuet (Nathan détestait les afféteries de la technologie) et une sculpture de bronze qu'elle avait toujours connue, qui représentait, il le lui avait expliqué, Oreste pourchassé par les Érinyes. Elle contempla un instant le corps musculeux et tordu de l'éphèbe qui se protégeait d'un bras contre l'assaut des déesses aux cheveux soulevés de colère, leurs seins durs et parfaits accrochant la lumière entre des ailes de rapaces...

Elle posa la main sur la tête de l'Oreste. Cette statuette provoquait toujours en elle un malaise vague. Elle résista à la tentation d'allumer l'ordinateur mais, de toute façon, elle n'aimait pas être indiscrète, et puis Nathan s'en servait assez peu.

Songeuse, elle redescendit à la cuisine. Les enfants se chamaillaient. Lola courut à elle :

« Il est où, Papa ? D'habitude il nous attend avec le goûter !

— Papa n'est pas aux ordres. Il a dû faire une course.

— Quelle course ?

— Je n'en sais rien, Lola, tu me fatigues... »

Ça ne lui ressemblait pas de s'impatienter sur les enfants. Lola mécontente fronça les sourcils et se tourna vers son frère qui se versait du jus d'orange.

« J'en veux aussi !

— T'as qu'à te servir. Suis pas aux ordres ! »

Décidément, le monde ne tournait pas rond, sans Nathan. Louise eut un bref sourire.

« Allons mes chéris, on se calme, voilà votre goûter, on ne va pas en faire un plat, c'est le cas de le dire... »

Elle coupa et beurra le pain, étala la gelée de groseilles ; ils étaient encore si petits. Elle se pencha, ramassa un cartable rose, jeté dans un coin, une paire de minuscules baskets aux lacets défaits, et alla ranger le tout dans le placard du fond. Maintenant, les enfants riaient et chuchotaient ensemble, selon leur habitude gémellaire. Ils avaient vite retrouvé leurs marques.

Elle se décida à appeler Nathan sur son téléphone portable. Avec un peu de chance, il aurait pensé à l'emmener avec lui. Aucune sonnerie ne résonna dans la maison, c'était déjà ça. Elle cessa d'écouter et appuya de nouveau sur la touche N. Une voix synthétique l'avertit que le numéro n'était pas attribué. Incrédule, elle prit la peine cette fois de recomposer l'entièreté de la suite de chiffres.

La même voix lui fournit la même réponse. C'était incompréhensible.

Le souffle un peu court elle avança vers le salon et se décida à contacter Philippe Loiret, l'agent de Nathan. Elle eut peur de tomber sur le répondeur mais il répondit très vite, comme si (mais comment aurait-il pu ?) il s'attendait à son appel.

« Louise ? Non, je n'ai plus de nouvelles de Nathan depuis samedi. Il m'a dit qu'il me laissait carte blanche pour Venise, ça m'a quand même étonné. Enfin, le plus gros est fait mais il me faudrait quand même... » – elle l'interrompit : « Tu n'as pas essayé de le rappeler ? »

L'autre eut l'air agacé.

« Nathan n'est guère sociable comme tu sais, et comme il m'avait expédié la veille et qu'il semblait pressé...

— Pressé ? Pourquoi ?

— Qu'est-ce que j'en sais. Nathan déteste s'expliquer au téléphone. Je pense qu'il préfère qu'on se voie. Moi aussi d'ailleurs. Je lui ai envoyé un mail pas plus tard qu'hier mais il n'a pas répondu et mon envoi m'a été retourné. Mauvais réseau. Je réessaierai plus tard. Tu voulais me dire quelque chose ? »

Elle hésita et finit par avouer :

« Non ; en fait j'espérais qu'il t'aurait contacté. Il est toujours à la maison quand nous rentrons et spécialement aujourd'hui où il devait me montrer le tableau achevé... »

Philippe poussa un petit grognement d'excitation :

« Tu l'as vu ? Le tableau, je veux dire. C'est celui qu'il m'avait promis. Le compte est bon alors. C'est génial !

— Génial ! Super ! » – Philippe, à 60 ans passés, s'exprimait comme un ado ou un présentateur télé et cela avait toujours irrité Louise. En l'occurrence, elle s'efforça de rester calme, comme à son habitude.

« Je suppose que tu verras le produit fini...

— Quand ?

— Bientôt, très bientôt. Excuse-moi de t'avoir dérangé Phil, mais il faut que je m'occupe des enfants. Nathan va sûrement arriver d'une minute à l'autre. Salut ! »

Contrariée, elle glissa le portable dans la poche de sa veste ajustée, qu'elle avait choisie avec grand soin ce matin-là dans l'intention de séduire son mari, la récompense après le labeur... Ridicule.

La tête vide, elle rangea la vaisselle, fit monter les enfants dans leur chambre avec l'intention de les mettre au travail. Les bonnes habitudes se gagnaient tôt et Nathan tenait à la discipline. Un peu trop d'ailleurs au goût de Louise mais, aujourd'hui, elle avait besoin de silence et de réflexion. Les devoirs des jumeaux étaient un excellent prétexte. Ils protestèrent un peu pour la forme mais leur instinct les avertit de ne pas contrarier leur mère davantage.

De nouveau, elle se laissa dériver vers l'atelier. Elle n'en revenait pas de son ordre. Pas un chiffon ne traînait. Les pots d'acrylique étaient hermétiquement fermés et alignés sur la table à tréteaux qui servait d'établi. Et il avait descendu le dernier tableau de son chevalet, un format carré d'au moins un mètre qui reposait contre le mur et qu'elle se décida à retourner, avec moult précautions.

C'était une toile où dominait le pourpre, qui tourbillonnait dans une sorte de magma de cellules folles, rythmées de griffures à vif. Une vibration menaçante se dégageait de l'ensemble.

Une œuvre forte, comme le proclamerait à l'évidence Philippe, qui oserait peut-être encore cette fois galvauder le mot « génial ». Il ne manquerait pas de citer Fontana et de s'extasier, même si Nathan l'orgueilleux n'aimait pas être comparé, fût-ce à un maître. Louise s'y connaissait peu en peinture. Nathan l'initiait quand ça lui chantait, mais il n'aimait pas les références et peignait à l'instinct, enfin c'est ce qu'il lui disait, quand il consentait à parler de son travail.

Elle reposa avec précaution le cadre contre le mur. Elle n'aurait su dire en son âme et conscience si ce tableau lui plaisait ou non. Elle penchait plutôt pour le non, en raison du mal être qu'il lui procurait. Comme la statuette d'Oreste... Une correspondance étrange existait entre ces deux œuvres. Elle erra encore un moment, s'empara d'un chiffon, respira sa capiteuse odeur d'essence. Elle avait un odorat développé, animal, que plaisantait Nathan, parce que souvent, ses émotions ou ses intuitions passaient par ses narines, qu'elle avait un peu dilatées et ouvertes en triangle, comme celles des chats.

Un bruit sec la fit sursauter. Sans doute provoqué par le déplacement des toiles, un second tableau, beaucoup plus petit, venait de tomber, avec un retard de synchronisme étonnant. Elle se pencha pour le regarder et l'orienta vers un rai de lumière qui s'attardait contre la verrière. Elle ferma les yeux sous le choc, les rouvrit, incrédule. Nathan qui ne jurait que par l'abstrait l'avait peinte, elle, Louise, endormie et nue dans le désordre de ses draps. Le portrait était exécuté à l'huile, autre incongruité, et l'artiste avait rendu avec une extrême sensualité le poli de la chair un peu ambrée contrastant avec le clair-obscur d'une chevelure vénitienne et la blancheur des étoffes. Louise reconnaissait parfaitement son visage aux yeux clos, paisible, la courbe légère de ses seins et la pente de ses cuisses qui s'entrouvraient dans l'impudeur d'un sommeil peut-être feint. Elle rougit, suffoquée, mais ravie malgré elle de cet hommage à sa beauté, beauté qu'elle n'était pas du genre à exhiber dans la vie réelle mais portait plutôt comme une évidence, nette d'artifices et d'astuces (« Maquille-toi un peu ! » disait sa mère, experte en replâtrage...) – du moins étrangère à tout l'attirail foireux des bimbos manufacturées en série. Nathan ne s'y était pas trompé, qui en avait été foudroyé en plein vol. Mais de quel vol ? Ou alors, elle avait rêvé tout cela. Péché d'orgueil...

Elle se pencha à nouveau vers le petit tableau. Cette fois, elle dut s'asseoir à même le carrelage, les genoux repliés contre son ventre. L'image lui parlait.

Une main masculine était posée sur l'oreiller, tout contre la tête de l'endormie, une main sans bras, sans corps, comme un gant abandonné, sauf que cette main, avec ses longs doigts aux ongles carrés et son anneau d'argent à l'annulaire, était la main de Nathan, et qu'elle s'enfonçait avec volupté, ou rage, ou regret - qui pouvait savoir - dans la chevelure de la victime. Victime - le mot avait surgi comme une grimace - Louise le sentait vrombir dans sa tête, ça lui donnait la nausée... Et pourtant, cette main dans ses cheveux lui semblait désirable à mourir... Ses yeux se remplirent de larmes. Elle posa le petit portrait à côté d'elle, incapable de réfléchir, touchée à vif, pressentant quelque chose de monstrueux, de trop lourd pour elle : l'abandon de Nathan.

« Ce n'est pas possible, je deviens folle, je débloque ! »

Elle s'essuya rageusement les yeux et se releva. Son dos lui faisait mal. Elle avait cent ans soudain. Et puis, une clé tourna dans la serrure et elle se précipita :

« Nathan ? »

Ce n'était que Kate, encombrée de son sac à dos, la face constellée de taches de rousseur de l'Australienne la révulsa. Rien à foutre de celle-là !

« Vous allez bien Madame ? »

Au lieu de répondre, Louise s'entendit aboyer :

« Vous n'avez pas vu Nathan ? »

La fille secoua la tête, étonnée.

« Non, il n'est pas là ?

— Si je vous le demande... »

Ne pas céder à la colère. C'était injustifié. Kate avait une innocence de hamster qui pédale dans sa roue. L'imprévu ne l'effleurait jamais. Qu'elle se rende utile...

« Kate, vous montez vérifier si les jumeaux ont fini leurs devoirs ? Si oui, hop, le bain et je nous prépare une omelette... »

Pas glorieux comme gastronomie, pas glorieux non plus ce ton sec de maîtresse bourgeoise qu'elle employa pour s'adresser à la fille au pair. Oui Bwana... Et puis quoi encore... Elle se jura d'aimer à vie les rousses et les aborigènes mais heureusement, Kate n'était pas susceptible et montait déjà à l'étage en balançant son paquetage avec insouciance.

Maintenant, il fallait attendre Nathan, qui avait sûrement une bonne raison d'être retardé, qu'elle avait trop tendance à consigner à demeure dans sa tête. Ce n'était pas un toutou de salon, que croyait-elle à la fin, qu'elle pouvait le domestiquer ? Comment avait-elle pu s'imaginer qu'il allait rester là, toujours, aux pieds, à beurrer les tartines du goûter, à l'attendre benoîtement – voilà qu'elle s'affolait encore, se faisait des films...

Le repas se déroula dans un silence morne. Même les enfants, déjà en pyjama, ne la ramenaient pas. La nuit qui s'installait derrière les fenêtres contribuait à aggraver la sensation d'absence. Kate, les yeux baissés, roulait de la mie de pain entre ses doigts. Louise remarqua qu'elle avait les ongles rongés. De gros seins aussi, un peu mous, qui avaient tendance à s'étaler sur la table, comme des méduses, lorsqu'elle se penchait. Au moins, Nathan n'avait pu être tenté par cette malheureuse, malgré sa jeunesse, qui était tout sauf en fleurs... Louise s'en voulut de sa méchanceté souterraine, qu'elle découvrait par bribes... Elle aurait dû au contraire être reconnaissante à Kate de sa solidité ; on pouvait lui faire confiance. Ou pas ? Louise finissait par douter de tout. Ses certitudes commençaient à s'effriter. Il était plus de 20 heures. Jamais Nathan ne s'absentait sans prévenir. La rigueur un peu tatillonne qu'il exigeait de leurs horaires l'agaçait d'ailleurs souvent ; il avait dû être militaire dans une autre vie, non ? Il souriait à peine quand elle le taquinait sur le sujet. Décidément, cette soirée lui portait sur les nerfs. Elle expédia le coucher des enfants. Pas d'histoires aujourd'hui. Elle n'en n'avait pas la force. L'inquiétude la rongeait réellement à présent.

Sur le point de se réfugier au salon, elle se frappa le front, sidérée... Comment n'y avait-elle pas pensé ? Sans prendre le temps de s'encombrer d'un manteau, elle traversa le jardin en courant. L'herbe lui mouilla les pieds. Une acidité suave de pré-printemps flottait dans l'air. Nathan garait toujours sa voiture derrière la maison, sur le petit terre-plein qui jouxtait le bois. Il lui laissait le garage les jours où elle travaillait. Le quartier était tranquille mais elle jugeait cette pratique risquée. Il y avait de la place pour deux voitures dans leur garage mais Nathan avait la flemme de manœuvrer pour la parquer au plus juste. C'était d'ailleurs curieux chez lui cette preuve d'insouciance. Mais il est vrai que le matériel le laissait indifférent. Des réflexes d'homme riche, ça oui, elle lui en voulait un peu... Son enfance, à elle, avait sans doute été moins privilégiée. Sa mère était obsédée par la peur de « manquer » donc son remariage avait été une affaire rondement menée. Peu de sentimentalisme chez elle. Du sens pratique et une solide dose d'égoïsme. On n'allait pas refaire l'histoire. Louise n'avait aucune nostalgie de son petit âge. Aucun désir de se faire dorloter par un psy non plus. Mais ça viendrait peut-être.

Devant les graffitis noirs des arbres, le long de la haie de noisetiers, elle reconnut la voiture de Nathan. Tapie dans l'obscur du bois, l'Audi était un animal aux aguets. Louise avait pensé à rafler le double des clés mais elle tremblait en cherchant la serrure.

La voiture était vide. Les sièges de cuir sentaient un peu le tabac. Nathan s'était-il (re)mis à fumer ? Elle s'en foutait au fond. Le pire, c'était cette voiture, tout simplement. A sa place habituelle. Comme si de rien n'était. Elle ouvrit la boîte à gants. Les papiers étaient là, au nom de Keller. Rien d'autre. Un sentiment de vide sidéral l'envahit. Ce n'était pas possible. Où était son mari ? Elle chuchota pour elle-même « mon mari » et le possessif lui ricana aux oreilles. A qui appartenait Nathan ?

Lentement, elle reprit le chemin de la maison. La fenêtre du salon et celle de la chambre de Kate brillaient, impostures dans la nuit. Elle se força à gravir les deux étages pour explorer encore une fois le bureau de Nathan. Avec un sentiment de culpabilité elle s'efforça d'ouvrir son ordinateur, essaya son nom comme mot de passe (il le lui avait confié), celui des enfants, le toutim habituel, mais il s'était méfié, apparemment. Il avait donc des choses à cacher ? Elle pensa appeler son frère, il saurait sûrement craquer le code, c'était son métier après tout, mais Sébastien devait draguer dans un bar gay à l'heure qu'il était, et elle n'avait guère envie de lui faire partager ses doutes... Elle ouvrit les tiroirs et contempla accablée un menu fretin d'agrafes et de gommes, plus une pile de factures récentes, toutes payées. Ce bureau était plus impersonnel qu'un guichet de poste. Une photo de Louise et des enfants pique-niquant sur la pelouse du jardin semblait la seule concession à l'humain. Une photo prise l'été dernier. Elle se surprit à la considérer avec nostalgie. Ce temps reviendrait-il ?

Maintenant, elle avait le choix : se réfugier dans son lit avec un roman, ou mieux, un magazine de fille bien nunuche (recettes de cul et cuisine bio) – descendre se bricoler un programme télé – ou encore téléphoner à une copine qui lui insinuerait que son merveilleux époux s'envoyait peut-être en l'air avec une gueuse quelconque. Elle pouvait aussi interrompre son frère en plein coït et il lui assénerait à juste titre qu'elle était une emmerdeuse névrosée qui ferait mieux de laisser son chéri s'envoyer une gueuze, mais d'abbaye de préférence, dans un troquet du centre, plutôt que de le châtrer à domicile... Des filles et des bières, voilà qui ne semblait guère être le genre de Nathan, mais l'aurait-elle juré ?

Bien sûr que oui. Il était arrivé quelque chose. 22heures30. Jamais il ne l'aurait laissée dans cette attente, n'est-ce pas ?

Elle résista à l'envie de téléphoner à sa mère parce que c'était une très mauvaise idée, qui allait l'enfoncer davantage. Et puis, à cette heure, elle faisait son whist. Et Juju... mon Dieu, que pouvait-elle confier à ce pauvre homme, à part ses économies, pour qu'il les lui place au meilleur taux... Elle tournait en rond. Tout à l'heure, sous un prétexte quelconque, elle avait envoyé Kate à la cave. Rien à signaler. Le faux grenier n'avait pas été visité lui non plus. L'échelle n'avait pas bougé d'un millimètre. On était dans une impasse.

À court d'idée, elle résolut de se calmer et de se mettre au lit avec le portable à côté d'elle. Il fallait franchir le cap de cette nuit, comme elle le pouvait, et demain serait un autre jour...

IV

L'inspecteur Van Laere prit un air ennuyé.

« Vous êtes sûre qu'il n'y a pas une raison toute simple à cette disparition ? Vous savez, des fois on se dispute, un mot en entraîne un autre, et on se met au vert pour faire réfléchir l'autre... L'emmerder un peu aussi... Ça arrive dans les meilleures familles... »

Il se foutait de sa gueule en plus. Louise résista à la tentation de se tordre les mains, trop théâtral, mais elle n'y pouvait rien. L'angoisse la dévastait.

« Je vous dis que non. On s'entendait à merveille. C'est vrai je vous assure ! Sinon, je ne vous aurais pas contacté vous pensez bien, ce serait absurde. Mais ce n'est pas dans la manière de mon mari de disparaître ainsi, de ... de découcher sans prévenir, sans parler aux enfants... Et puis il m'aurait téléphoné, je ne sais pas moi... mais il est injoignable, je n'y comprends rien ! »

Elle se tut, au bord des larmes.

Van Laere hocha la tête. Il était court sur pattes, enrobé. Pas du genre à courser un truand en s'envolant par-dessus des barbelés. Son regard jaugeait Louise. Il devait la trouver gironde, un peu hystérique, et penser qu'elle lui faisait perdre son temps avec ses histoires de mari en cavale. Comme pour confirmer ses soupçons, il enchaîna :

« Vous êtes mariés depuis quand ? »

À sa grande confusion, Louise rougit comme une rosière. Comme si elle entendait sa mère l'admonester : « C'est quoi ces histoires de concubinage ma fille ? Un homme qui respecte, c'est un homme qui épouse... »

« Heu, nous ne sommes pas exactement mariés. Mais cohabitants ! Et nous avons deux enfants parfaitement reconnus ! »

L'homme haussa les épaules, goguenard, ma parole elle avait l'air de s'excuser...

« Donc vous habitez sous le même toit, depuis combien de temps ?

— 10 ans, tout juste...

— D'habitude c'est 7 ans...

— 7 ans quoi ? Que voulez-vous dire ? » Elle commençait à s'énerver sérieusement. Y avait-il quelqu'un de compétent dans ce service ? Le bureau était aussi moche qu'on pouvait s'y attendre et dans la ville de Maigret, aucune pipe, loi oblige, ne reposait dans le cendrier. Seulement des mies graisseuses, restants d'un sandwich pris sur le pouce.

« Rien. Bon. Vous êtes sûre de ne pas vouloir encore attendre un peu ? Ça fait à peine 24 heures...

— Je vous assure que nous perdons un temps précieux, là... Ce n'est pas du genre de mon... de Nathan de se volatiliser ainsi sans prévenir ! Il s'occupe des enfants et...

— Il est baby-sitter ?

— Non, je parle de nos enfants. Nathan est peintre. Il reste souvent à la maison, pour son travail. Il n'aurait jamais tout laissé en plan comme cela. Il prépare justement une grosse exposition et...

— OK, Madame, restons calme... »

Enfoiré ! Louise respira un grand coup et réussit presque à sourire.

« Je suis calme, Monsieur. » – elle ne parvenait jamais à donner leurs titres aux gens. Evêque, inspecteur ou directeur, ils étaient tous « Monsieur » pour elle. Enfant, elle parvenait aussi à donner du « Monsieur » au Saint Nicolas de son quartier.

L'inspecteur ne s'en formalisa pas. En fait, il aimait bien être assis en face de cette belle personne, il humait sa détresse en même temps que son parfum et ça lui donnait un agréable sentiment d'utilité. Ça le changeait aussi des clodos de service qu'il fallait flanquer en cellule de dégrisement ou qui réclamaient leur dose en geignant et en s'oubliant dans leur froc. Il sourit à son tour, pétri d'une urbanité soudaine qui ressemblait à de la compassion.

« Voyons, Madame – il se forçait à châtier un peu sa diction – je vous crois volontiers. Une disparition, cela alarme toujours mais il est de notre devoir de recourir à la procédure habituelle lorsqu'il s'agit d'un adulte majeur. Donc de nous assurer que votre partenaire (pas mal ça !) ne souffrait pas de dépression chronique, n'était pas sous l'emprise de l'alcool, bref n'avait aucune raison de ne vous donner aucune nouvelle... Nous ne sommes pas en présence d'un enfant qui fugue ou s'évanouit dans la nature, vous comprenez ?... »

La ville et le pays s'étant jadis illustrés dans le prédateur pédophile, Louise frémit et baissa la tête.

« Oui, je comprends. Il ne me semblait pas dépressif, non... ni alcoolique...

— Parfois on cache ces choses-là, mais ne prenez pas la mouche, je suis obligé de poser des questions. Pas d'ennuis d'argent non plus ?

— Non. On gagne bien notre vie, tous les deux.

— Tant mieux pour vous. Pas de dispute conjugale récente je suppose ?

— Non Monsieur, je vous l'ai déjà dit.

— Donc pas de... » Il hésita. Il n'avait pas envie de blesser cette femme. Elle le fixait de ses yeux de madone, ça le rendait tout tiède à l'intérieur. Il se sentait une soudaine vocation de protéger la veuve et l'orphelin, comme dans les films, sauf que la dame n'était pas veuve. Pas encore. Il s'en voulut de cette pensée.

« Il n'avait pas de maîtresse, si c'est ce que vous voulez dire. Je sais qu'une épouse n'est pas censée être au courant mais... il me l'aurait dit, c'est aussi simple que ça. »

Une autre femme lui aurait asséné cette déclaration, il aurait levé les yeux au ciel. Mais même lui se rendait compte qu'il fallait être fou pour tromper Louise Delaunoy. On avait juste envie de se coucher à ses pieds et de prendre ses quartiers, juste là, à l'orée de sa jupe. Ne plus bouger et ronronner. Bafouer tant de grâce relevait du crime de sang. Mais il avait vu pire, hélas.

« Bien, alors j'aurais besoin d'informations complémentaires... Il va falloir me renseigner sur le passé de votre mari, faire une enquête de voisinage, la routine quoi, mais c'est nécessaire.

— Je comprends. Je suis à votre disposition »

Bon sang, si c'était vrai... Mais Van Laere avait passé l'âge des illusions. Il était abonné à la ménagère de base. Et pourtant, il ne disparaissait pas, lui. Il tenta une bravade innocente :

« Bon, je vais envoyer mes hommes sur le terrain... Interroger les voisins, les relations de Monsieur Keller. Ça donne souvent des résultats... Quelqu'un l'a peut-être vu quitter votre maison... » Il n'était pas peu fier du « mes hommes ». Mais Louise était trop perdue pour paraître impressionnée. Elle se contenta de hocher la tête.

Et puis la porte s'ouvrit et Van Laere étouffa un juron. Un homme entra. La jeune quarantaine, athlétique et beau. Blouson de cuir, regard pénétrant. Le stéréotype du flic de série télé. Un bouclier anti-malfrat à la mâchoire carrée. Commissaire en plus. Dans le feuilleton basique que le cerveau de Van Laere continuait de filer à toute allure,

Louise pleurait déjà sur l'épaule de cuir. Le lit n'était pas loin.

« Inspecteur ? Je prends les clés de la Citroën, on a une urgence. »

D'un coup de menton, Van Laere désigna les clés sur le bureau. Le beau mec s'en empara. Louise lui jeta un regard. Le courant allait passer, c'est sûr. Le Commissaire Delvaux se détourna.

Il aimait les hommes, jeunes de préférence, mais il préférait que ça ne se sache pas. On était souvent homophobe dans le métier et il ne tenait pas à faire de vagues ou à porter un étendard. Plaire aux femmes, il en avait pris l'habitude. C'était commode en fait. On le plaisantait sur ses conquêtes imaginaires et les fliquettes du quartier se pâmaient en secret, lui inventant une liaison secrète, une femme mariée, mais qui ? Celle-là avait l'air sur le fil... Il espérait que Van Laere, qui était moins épais qu'il n'en n'avait l'air, ferait du bon boulot. Pour l'heure, il se contenta d'un : « Tout va bien Madame ? » un peu ridicule. On allait rarement trouver les flics parce qu'on allait bien. La jeune femme secoua la tête :

« Non. Mon mari a disparu, ce n'est pas normal et je crains un accident... »

Van Laere se sentit vexé. Qu'avait-elle besoin de se répandre devant Delvaux, elle n'avait pas confiance ? Du coup, il éprouva le besoin un peu bas de la blesser.

« Nous allons faire le tour des hôpitaux et des morgues, nous verrons bien. »

Elle pâlit jusqu'aux lèvres et Delvaux s'arrêta sur le seuil de la porte, sourcils froncés.

« Ne vous en faites pas. Votre mari, il a pris sa voiture ? »

Elle reprit espoir :

« Non, justement, c'est ça qui est bizarre, nous habitons un peu à l'écart près d'un petit bois, on doit forcément prendre une voiture pour aller en ville...

— Il est du genre à utiliser les transports en commun ? »

Elle haussa les épaules.

« Je ne crois pas. »

Van Laere sentit qu'il était temps de reprendre les commandes.

« Nous allons faire fouiller le bois et éventuellement draguer le fleuve, mais avant d'entamer les grandes manœuvres, il faut interroger les proches et le voisinage, je l'ai déjà dit. Il y a peut-être une explication toute simple. »

Delvaux hocha la tête avec bienveillance :

« Nous l'espérons tous. Courage Madame, je demanderai à l'inspecteur de me tenir au courant... » La porte claqua derrière lui. Partie remise. Van Laere souffla de soulagement. Lorsqu'elle entendit le hurlement des sirènes de police, Louise eut une moue proche des larmes. Mais au prix d'un effort, elle se maîtrisa. Elle regarda Van Laere :

« Je peux m'en aller ? Vous avez encore besoin de moi ? »

Van Laere consulta sa feuille de route :

« J'ai les adresses et les noms demandés, merci... Vous me dites que votre mari n'a pas de famille ? À part vous et les enfants bien sûr...

—Nnnon... Son père est décédé il y a des années, et il n'a pas presque pas connu sa mère. Nos amis sont communs, ils m'auraient prévenue s'ils savaient quelque chose. Philippe Loiret, son agent, est étonné lui aussi. Nathan devait le rappeler. Et son téléphone est soudain aux abonnés absents, vous comprenez pourquoi je suis inquiète ?... Tout cela est complètement inhabituel... Et sa voiture qui n'a pas bougé... »

Van Laere regarda le carnet de cuir que Louise lui avait confié :

« Effectivement, papiers d'immatriculation, assurances, tout y est... Vous n'avez pas retrouvé ses cartes de banque ? »

— Aucun autre document personnel... J'ai fouillé la maison.

— OK, ça vaudrait peut-être la peine de vérifier vos comptes »

Louise se mordit la lèvre, elle n'avait plus pensé à ce détail.

« D'accord, je vais le faire tout de suite. Autre chose Inspecteur ? » Ça y est, elle lui avait donné son grade. Il se sentit adoubé.

« Non Madame, nous allons vous recontacter. Et si vous avez le moindre indice, voilà ma carte.

— Merci »

Elle se leva, pressée de s'en aller. Elle irait à la banque, comme il le lui avait suggéré. En échange, pouvait-il appeler les hôpitaux, elle n'en n'avait pas le courage ? Il promit. Il la regarda s'enfuir de la pièce, serrant son sac contre elle. Sa longue nuque presque dorée le chavira ; la lucidité n'empêchait pas la gamberge.

Le compte de Louise avait été crédité de quatre cent mille euros. Il y avait une communication, la seule qu'elle aurait jamais, sans doute : « Pour toi, pour vous. Love. » L'employé de banque ne savait rien. Monsieur Keller avait liquidé ses comptes, les avait transférés au nom de Louise Delaunoy et s'était évanoui dans la nature. Il n'y avait rien d'autre à dire. Sinon que beaucoup de femmes dans sa situation se seraient frotté les mains. En voici une qui était à l'abri du besoin pour un bout de temps. La procuration avait joué son rôle.

Louise rentra chez elle, anéantie.

Les enfants étaient à l'école. Kate faisait les courses . Aucun voisin n'avait vu Monsieur Keller dans le quartier ou en ville. Philippe se lamentait, furieux, que devenait la Biennale ? Louise s'en contrefichait à présent. Ses parents n'arrêtaient pas de téléphoner et ça la rendait folle. Que dire ?

Elle courut se jeter sur son lit. Elle respira l'oreiller qui gardait l'odeur de Nathan. Elle retrouva un de ses cheveux noirs dans les plis du drap. Elle était comme une bête assommée. Tout cela n'avait aucun sens.

À plat ventre sur la couette, le visage enseveli, elle commença méthodiquement à souffrir...

V

NATHAN KELLER

La chambre de l'auberge donne sur une petite place cernée d'anciens hôtels particuliers du 17ᵉ. Nathan trouve que cela confère à cette modeste ville de garnison une allure étonnante, un peu incongrue. Une soubrette déguisée en marquise. Sauf que la ville en question est trop triste pour marivauder. Triste à faire fuir Rimbaud. Nathan a déposé son bagage sur le lit. Heureusement il n'y a pas de courtepointe en chenille, ça l'aurait achevé. Un poste de télévision qu'il faudra bien allumer, on ne sait jamais, occupe l'angle de la pièce. À côté, une salle de bain fonctionnelle, que masque une porte coulissante en teck. Et dans un cadre de guingois, le portrait archiconnu du génie, les cheveux en bataille, l'air d'un ange courroucé. Ne doit pas être ravi d'être rapatrié aux origines de son ennui.

Nathan enfin peut se laisser aller.

***

J'ai toute la nuit pour penser à elle. Me purger d'elle, et puis après, basta, on passe à autre chose, bien forcé. Mais ici et maintenant, juste là, je peux relâcher la pression. Laisser les images venir à moi. Les émotions. Les libérer comme des chiens, une vilaine meute, et après, dormir. A Charleville-Mézières. C'est un endroit qui sert à ça. Dormir et recharger les accus. Et puis après fuir, là-bas fuir... Sauf que les oiseaux ne sont plus ivres et que le mini-bar est vide, à l'exception de deux bouteilles de bière et d'un soda.

Louise me manque, ça coupe le souffle. Imaginer sa douleur, son incompréhension, me rend malade. Elle aura trouvé l'argent, le tableau, n'y comprendra rien ou peut-être si : ses antennes de fée... Bien sûr qu'il valait mieux ne pas l'impliquer, première et seule règle. Ce qu'il aurait mieux valu, abruti, c'est ne pas croiser ce sourire sur ta route, ou alors y résister de toutes tes forces. Tu savais y faire avant, non ? Aucun remous, aucune attache, des corps à corps purgatoires dans d'innombrables pieux, ça oui, et Dieu que ces corps étaient beaux, je reste un esthète jusque dans la baise. Mais Louise, ça n'avait rien à voir. Dès que je l'ai vue assise dans ce café, avec son sourire, son visage accrocheur de lumière, un vrai photophore, j'ai perdu pied comme un bleu. Je me suis approché, malgré les clignotants qui s'allumaient dans mon cerveau (fais gaffe, elle est trop jeune, en plus !) – j'ai fait le beau, j'ai fait le con, le Casanova de village – mais ça a marché, pauvrette, elle me laissait m'installer, l'investir, elle était perdue, moi aussi... Les coups de foudre, ça existe, je peux en témoigner solennellement, l'écrire dans Marie-Claire, en parler, masqué, dans une émission de télé-réalité... Je l'ai vécu dans ma chair et surtout dans la sienne, si brûlante... Au diable la prudence, j'avais le droit de vivre non ?

Non. Mais je m'en foutais. Je l'ai pris ce droit et à bras-le-corps en plus. Et c'était foutrement bon. Et ça a duré. Et je n'ai pas eu de piqûre de rappel, j'aurais dû me méfier... Tout coulait tellement de source. Sa source à elle.

En fin de compte, les enfants. Au pluriel majuscule. Mais je n'en étais plus à une connerie près, pas vrai ? J'ai joué le jeu à fond. Le Visiteur me foutait la paix. Une paix royale. Peut-être que j'étais passé de l'autre côté. Je ne faisais pas de vagues. Je me lovais comme un gros chat dans mon bonheur tout neuf. Je jouais au papa et à la maman. J'aimais ça, vraiment je ne me connaîtrai jamais, air connu... Un père sédentaire, bien tranquillou, un modèle du genre... Le Visiteur devait se marrer dans l'ombre, pendant tout ce temps.

Louise... Elle avait des petits seins durs, de longues jambes couleur de miel, un ventre soyeux... Pourquoi j'en parle au passé ? Sa peau sentait le gâteau, elle qui n'en faisait jamais. Elle aurait volontiers passé ses journées à faire l'amour, ça tombait bien. Même après les jumeaux...

Si je commence à penser aux jumeaux, je vais me mettre à suffoquer. Je n'avais pas le droit de les fabriquer ces deux-là... Je les ai lâchés comme du lest, un autre moment d'égarement, j'en ai eu mon lot... Pas le cran d'affronter la souffrance de Louise, alors que je suis capable de tout, finalement. Mais au moins, elle les a maintenant, du moins je l'espère, elle doit les serrer contre elle, pleurer dans leurs cheveux, humer leurs joues, les bercer en chantonnant des comptines, comme elle le fait si souvent, le soir... Mais aura-t-elle encore le cœur à chanter, ma Louise ? Séduite et abandonnée, comme dans les romans d'autrefois... Comme dans un opéra. Traditore...

Je suis descendu au bar de l'hôtel. Ambiance Ardennes profondes. Il y a des têtes de cerfs morts et des pichets d'étain. Une banquette de velours vert sur laquelle je m'affale. Peu de monde. Qui peut transiter ici ? Un couple à lunettes me mate discrètement. Je me détourne. Ils parlent allemand entre eux. Ou luxembourgeois. Au fond de la salle, un jeune en complet-veston consulte son ordinateur portable comme si sa vie en dépendait. Le patron, ou supposé tel, quitte son comptoir de chêne pour m'apporter un double scotch. Robuste et rougeaud, il me regarde à peine, l'air ailleurs. Parfait. Je m'alcoolise discrètement. J'ai besoin de boire à mort ce soir, pour pouvoir franchir le gouffre de cette première nuit. Demain sera un autre jour. Le whisky est bon. Vieux et cher, comme je les aime. Il sent la tourbe, comme cette ville.

Un peu étourdi déjà, je regarde mes mains, vierges d'alliance. Redevenues serviles et brutales. Finie leur vie d'artiste. Le nom que j'ai inscrit sur le registre de l'hôtel est celui de mon passeport, parfaitement en règle. Bruno Mancini. Ce n'est pas moi qui l'ai choisi. Mon seul choix dans la vie, ce fut Louise. Vingt ans à peine à l'époque, étudiante en lettres, longues jambes de jeans et cheveux châtain clair. Un sourire à faire fondre la banquise et je n'étais pas de glace, qui l'eût cru ? Tout le monde devrait avoir droit à l'erreur.

Au total, je me suis enfilé cinq whiskies. Et j'ai regagné ma chambrette sans trop tituber. Assis sur le lit, je me suis aperçu que j'avais oublié de manger, mais que je pouvais très bien tenir comme ça encore des années. A boire et à rester assis sur ce lit, les yeux dans le vague. Et puis, je me suis endormi. Fin de partie.

VI

LOUISE DELAUNOY

Je ne l'ai pas vu venir. La disparition de Nathan, je veux dire. Un homme, un mari, ou peu importe comment on l'appelle, compagnon, complice, ami, amant, amant, oh oui amant... bref, celui qui partage vos jours et vos nuits, vous malaxe contre son corps, vous fait deux enfants d'un coup (d'accord, ce sont mes gènes les responsables), cet homme-là, enfin, dont on connaît le parfum, le grain de peau, le regard noir encombré de cils et les rides naissantes, là, au coin du nez busqué, entre les sourcils (tu te burines, c'est bien, j'aime pas les visages de chochottes), la fossette du menton profonde, comme une cicatrice, et la cicatrice, justement, l'autre, qui barre le torse depuis l'épaule jusqu'au cœur (l'accident)... cet homme précieux entre tous, dont on était sûre comme de soi-même – un soir, a disparu.

Un mois déjà. Pas un signe. Je suis retournée trois fois au commissariat. L'Inspecteur faisait du zèle, soi-disant, un gros, qui me matait en douce, peu importe, je m'en fiche. Il avait harcelé mes voisins, mes amis, mes parents comme une mouche mauvaise – quelle insanité ! Et tout ça pour rien... Personne n'avait compris, personne n'avait vu, ou subodoré. Philippe moins que les autres, qui me presse et se lamente, il fait ses comptes... Quid de Venise ?

Un moment, les flics m'ont regardée d'un air louche quand ils ont vu le montant gonflé (moi toujours plus ou moins fauchée) de mon compte en banque. Même Van Laere a froncé le sourcil. Comme je l'avais pris d'un peu haut (c'est normal, il m'arrive à l'épaule, cette agressivité revancharde des hommes petits !), il la jouait sévère à présent. Plus de compassion ; plus de compréhension. L'ère du soupçon. Normal au fond. Un mari s'évanouit dans la nature. Sa dame se retrouve seule, d'accord, mais riche. Si c'est pas un beau mobile, ça. Oh, Nathan, qu'est-ce qui t'a pris ?

Je me suis donc retrouvée dans ce commissariat en train de me débattre avec un nœud de questions qui grouillaient comme des vipères. Qui était mon presque époux, le père de mes enfants, l'homme de ma vie depuis 10 ans... Connaissais-je son passé ? Son lieu de naissance ? Sa vie d'avant (une vie avant moi, je ne pouvais tout simplement pas l'imaginer, la vie de Nathan avait commencé en même temps que la mienne, là, dans ce café du centre-ville, banal, à une terrasse éclaboussée de soleil, il avait fouillé dans ses poches pour récupérer une paire de lunettes sombres et puis il m'avait vue. Point. Début de l'histoire).

C'est vrai que je ne connaissais que ce que Nathan m'en disait, de sa vie, pas grand-chose au fond. Fils de mère morte. Italienne. Ses yeux, son teint lui venaient d'elle sans doute, épices méditerranéennes. Il y avait, je pense, quelques cousins, au fond d'un village calabrais. Il ne les connaissait pas. Père ingénieur, voyageur, fort absent, mort lui aussi, mais plus tard, d'une longue maladie qu'il avait pu abréger. Nathan n'aimait pas en parler, une souffrance, je le sentais. Alors, qui t'avait élevé

Nathan ? Une servante au grand cœur, comme dans les romans. Et puis des pensions chics. En France, en Belgique. En Suisse, tout à la fin. Des institutions religieuses le plus souvent, pour la discipline – il en gardait la haine des curés et des bondieuseries. Des jésuites libidineux avaient-ils tripoté le bel enfant aux boucles noires ? Possible et même probable. Là aussi, motus.

Ensuite, quoi ? Etudes d'architecture dans une école réputée. Vite expédiées. Diplôme en poche, il glandait en apparence lorsque je l'ai rencontré. Plus envie de construire des gares ou des palais. Plus envie de grand-chose apparemment. Une vie de rentier précoce, sans tapage, qui aurait dû me faire horreur. Comme on change. Elle était drôlement facile cette vie. On en profitait. Plein de temps pour nous deux, enfermés dans sa grande maison de famille, tarabiscotée, avec ses loggias et ses balcons d'un autre âge, une maison proustienne, où on dérivait sur de grands lits, profonds comme des tombeaux... Nathan parlait peu et m'aimait beaucoup, vrillé au fond de moi, presque sans bouger, que demander de plus à la vie ? Difficile de raconter cela face à deux flics moroses et soupçonneux. Qu'on ne tue pas un homme qui vous fait aussi bien l'amour. Qui pulse au plus profond de vous, comme un ressac, à qui on s'accroche enfin, arrivée à bon port.

Nathan peignait. Il avait décidé de reprendre ses pinceaux peu après la naissance des jumeaux. Ça lui permettait d'être près d'eux. De les paterner. Etonnant quand j'y repense. Il me disait que je l'avais apaisé, je me souviens du terme. Mais de quelle tempête ? Je ne peux pas vous dire Inspecteur – j'avais compris qu'il fallait lui balancer son grade, à celui-là.

Si on voyageait ? Pas beaucoup, Nathan était un sédentaire. Et moi je suis de tempérament paisible, peu aventureux. On se réfugiait dans une longère en Bretagne, qu'on louait à l'année. Près de la Pointe du Raz. Nos Hauts de Hurlevent à nous. Et puis l'iode fait du bien aux enfants c'est connu. Cette maison, isolée, adossée à l'océan, on aurait pu se la payer mais Nathan secouait la tête. Pas d'attache, pas de routine. Ça m'allait.

Rome et Paris souvent. Là, il me gâtait. Luxe et volupté. C'est à Paris, au bar du Lutétia qu'il m'avait présenté Philippe, son futur agent. Je suis tombée des nues. Il voulait un agent ? Il désirait une reconnaissance alors? Soyons clair : j'adorais ce qu'il peignait. Mais jusque-là ses toiles restaient secrètes. Le Philippe en question m'avait déplu par son côté mondain. Mais c'est ce que l'on demande à un agent je suppose ? Nathan était devenu si sauvage.

Moi, le Philippe, après, je n'avais rien contre. Même si c'était le genre de type, la soixantaine bien frappée, à porter des pulls noirs en V à même la peau et à se teindre les cheveux en beige. Il s'esclaffait fort, portait une chevalière armoriée (sa mère était née de Géromont, baronne de son état, et il ne se remettait pas de devoir porter le nom de son père « Loiret »). Il avait aussi des collections d'histoires amusantes à raconter sur ses amours, réelles ou imaginaires, avec d'autres baronnes, toutes belles à tomber, qui se prénommaient Olympe ou Lucrezia, et se faisaient trousser au Gritti ou à l'Eden Roc en buvant des Bellini. Il avait fini par en épouser une, fauchée, ravissante, qui aurait pu être sa petite-fille et à qui il avait fait un enfant qu'il voyait entre deux portes tambours. Mais c'était un bon agent. J'étais de mauvaise foi quand je prétendais le contraire. Avec des relations, du répondant. Très vite, il avait monté une expo, à Bruxelles d'abord, puis à Paris et Amsterdam. Un catalogue. Pour finir, la Biennale. Des journalistes étaient venus. Eloges, dans un milieu où l'on perçait peu et mal. C'était presque injuste quand on connaissait Nathan. Son peu d'efforts pour se mettre en avant. Mais il savait y faire, étonnamment. Sa société, sa SAS, comme il disait, fondée par Philippe, c'était une bonne idée au final. Et puis Nathan, et Philippe, oui, Philippe aussi, avaient des fonds pour se lancer.

J'ai vu le moment où les soupçons des pandores allaient dévier sur Philippe. Je ne l'adorais guère c'est entendu, mais de là à tolérer ces insinuations ! Je me suis rebellée. Et d'ailleurs Nathan n'était pas mort, je le sentais. Une certitude, là, au fond de moi. A ma grande honte, j'ai fondu en larmes. Ils cherchaient un mobile, ces charognards, alors qu'il n'y avait pas eu crime. Crime. Le mot était lâché. Impensable. Absurde. Nauséeux. Je hoquetais.

Comme la première fois, la porte s'est ouverte et un ange est entré. Le Commissaire Delvaux. Il a jaugé la scène d'un coup d'œil.

« Je crois qu'il faut que l'on parle. »

Il m'a emmenée dans son bureau, au nez et à la barbe des deux autres, qui avaient peine à cacher leur rage. Là, dans une pièce claire et confortable, qui sentait vaguement Habit Rouge de Guerlain, il m'a fait asseoir dans un fauteuil de cuir et a pris place sur une chaise, en face de moi.

« Ça va mieux ? Vous voulez un mouchoir ? » – il m'a tendu un Kleenex. Je me suis mouchée, un peu honteuse. Je n'avais pas l'habitude de me donner en spectacle. J'ai même horreur de ça. Il a souri. Il était parfaitement beau, des traits harmonieux et civilisés, un regard bleu profond sous des sourcils un peu trop parfaits (épilés ?). Mais j'avais deviné son secret. J'étais la sœur de Sébastien après tout. Les lourdauds d'à côté devaient supputer une idylle naissante. Au milieu de mon désarroi, cela m'a amusée. Delvaux l'a remarqué.

« Je vois que vous reprenez pied. A la bonne heure !

— C'est parce que je sens que vos... collègues imaginent Dieu sait quelle horreur, alors ça me met hors de moi. Nathan n'est pas mort, il a disparu. C'est différent. »

Il s'est penché vers moi, toujours souriant. Il aimait plaire, c'était dans sa nature, mais il n'en jouait pas. Du moins pas trop. Cela devait être utile dans son métier. Les barrières tombaient devant ce regard intense et confiant.

« D'accord, Monsieur Keller n'a certainement pas été assassiné. Je pense qu'il serait vain, à ce stade, de soupçonner quelqu'un de votre entourage. Mes services ont longuement interrogé votre banquier et son personnel. Tous ont bien vu votre mari, ce lundi-là. Il était calme, pas du tout un homme traqué ou inquiet. Il a fait cette transaction... un peu inhabituelle, de son plein gré, devant témoin. Il a emporté de l'argent liquide aussi. Cela vous disculpe entièrement. »

« Donc reconnaissez que l'on me soupçonnait ! C'est aberrant ! »

— Madame Delaunoy, ne le prenez pas mal. Dans les cas de disparition ou de maltraitance, souvent, hélas, la réponse se trouve au sein de la famille proche. Nous devons investiguer. Cela vous paraît pénible et indélicat, mais il est de notre devoir... »

Je l'ai interrompu.

« Je comprends, Inspecteur ! »

Il a transformé son sourire en une grimace un peu confuse mais toujours seyante : « Commissaire ! »

Cette fois, j'ai failli rire, c'était nerveux.

« O.K, Commissaire ? Comment ? »

Il a désigné le badge posé sur son bureau.

« Delvaux. Comme le peintre. Sans rapport de parenté hélas. Mais j'aime bien les trains.

— Moi aussi. »

Les madones des sleepings nues, par contre...

Nous nous sommes regardés tous les deux. La tension s'apaisait. J'avais confiance en cet homme. De toute façon, je n'avais plus le choix. Je me suis levée. À l'idée d'entamer une autre journée absurde, sans Nathan, une sorte de nausée m'a prise. Je n'irai plus jamais bien.

Comme s'il devinait, Delvaux m'a serré la main. Une poignée franche, sans ambiguïté.

« On va faire tout pour élucider ce mystère, Madame Delaunoy. Je passerai chez vous si j'ai du nouveau. En attendant, vous pouvez compter sur des parents, des amis ?

— Oui oui, pas de souci de ce côté... » – Comme tout le monde je remplaçais le mot « problème » par souci. C'était moins virulent.

En longeant la haute façade de béton du commissariat central, je m'interrogeais pourtant. Sur qui pouvais-je vraiment compter ? Ma mère ne connaissait rien à la douleur. Son veuvage l'avait juste ennuyée financièrement et elle s'était vite arrangée pour retrouver en peu de temps une vie confortable et un mâle dévoué. Entre les coups, si je puis dire, elle avait eu pas mal d'amants, qui flattaient son ego. Elle était jolie, autant s'en assurer. D'ailleurs elle avait fini par épouser un assureur. L'amour, pour elle, consistait à provoquer le désir et l'intérêt de l'autre, utilisé comme simple miroir de son narcissisme. Quant à s'impliquer personnellement dans l'affaire, trop risqué. J'ignorais quelles blessures d'enfance avaient généré ce comportement. Ma mère avait quand même des qualités. Elle n'était pas du genre à se répandre et gardait stoïcisme et dignité en toutes circonstances. Elle était snob mais point sotte, contrairement à ce que Nathan imaginait. C'était la seule qui soupçonnait en la disparition de son gendre peut-être autre chose qu'un accident. Et sa façon de ne pas larmoyer mais d'envisager lucidement une enquête m'avait paradoxalement réconfortée. Pleurer de concert n'aurait rien arrangé. D'ailleurs, elle était devenue indifférente à Nathan quand elle s'était rendu compte que son charme n'agissait pas sur lui (son premier réflexe était de séduire, fût-ce un réverbère). Ainsi, les rapports redevenaient nets, sans bavure. Efficaces aussi. Elle acceptait volontiers de s'occuper des jumeaux, consciente que l'angoisse me débordait à certains moments, me rendant inapte à mon rôle de mère. Aimait-elle ces petits ? Je le pensais de plus en plus, étonnée moi-même de la voir si attentive soudain à leurs bobos d'enfants et encline à des gestes tendres, qu'elle n'avait jamais eus pour moi. Ma Reine des Neiges fondait-elle enfin ?

Quoi qu'il en soit et contre toute attente, je peux compter sur ma mère, chose qui m'avait paru impensable au point que je m'étais tordu les mains quand les policiers avaient débarqué chez elle, m'attendant à la grande scène du II et une avalanche de reproches (quand une femme ne sait pas tenir son mari, d'ailleurs quel mari ? Que vas-tu devenir ma pauvre fille ?) – qui m'aurait davantage enfoncée. Pour être honnête, elle avait entamé cette litanie au téléphone, dès le début, et dans la précipitation inhabituelle de son débit, j'avais cru discerner comme un vrai désarroi. Très vite j'avais coupé court et fais la sourde pendant une semaine. Au bout de laquelle, je l'avais trouvée à ma porte, calmée et même pas maquillée :

« Il faut qu'on parle Louise. Je sais que tu penses que je suis la dernière personne sur qui tu crois devoir t'appuyer, mais je suis là. Sache-le. Je comprends ta peur. Mais il y a sûrement une explication rationnelle et on va la trouver. Nathan t'a laissé de l'argent. C'est un bon signe (là, j'avais eu un rictus ironique) – elle avait poursuivi – Oh, j'imagine que tu me trouves intéressée, contrairement à toi, mais c'est un signal que Nathan te lance. Un message. Il ne te laisse pas tomber. Il a une raison secrète. On verra bien laquelle. Tiens bon. »

Et elle avait ajouté, en se posant sur un fauteuil :

« Je m'occuperai des petits quand tu le voudras. Ton kangourou a ses limites, et puis elle va repartir à Canberra un de ces quatre. On va s'en sortir... » Elle m'avait pris la main, chaleureusement, et tout cela était tellement saugrenu que mes larmes avaient de nouveau coulé. Je me transformais en vraie fontaine ces derniers jours.

« Merci, je ne m'attendais pas à ça »

La cruauté involontaire de ma remarque l'avait blessée car elle avait hoché la tête avec mélancolie :

« Louise, je suis ta mère après tout... »

Donc, la problématique maternelle était temporairement réglée. Il y aurait sûrement des rechutes, je ne me faisais pas d'illusion, elle était sous le choc, comme nous tous, mais sa prise de conscience semblait réelle. D'ailleurs elle allait rechercher les jumeaux à l'école cet après-midi, Kate se chargeant des courses. C'est vrai que j'avais de plus en plus tendance à déléguer mes pouvoirs. Avec Kate cela ne prêtait pas à conséquence, mais il était dangereux de laisser à ma mère, même nouvelle version, la bride sur le cou.

Bon, je penserai à ce problème après. Le commissaire avait parlé d'amis. Depuis Nathan, j'en avais peu. C'est vrai, quand j'y repense, mon amant avait fait le vide autour de nous. On est si bien à deux, non ? Tu as vraiment besoin de tous ces cons autour de toi, Louise ? De tout ce tapage vain ?

Il me restait quand même Charlotte, ma meilleure amie, copine d'enfance et d'univ, Charlotte et ses amours compliquées, son métier à éclipse (elle avait largué son boulot de prof pour devenir comédienne, et elle galérait souvent), Charlotte, sa blondeur suédoise et ses seins marylinesques que je lui enviais... Nathan ne la supportait guère, elle non plus, mais j'avais tenu bon. Charlotte c'était Charlotte. De l'ordre de l'enfance, donc du sacré.

Il y avait aussi Fred, un copain de mon frère qui était devenu le mien. Informaticien, sérieux, sérénisant, époux d'une biologiste flamande – on lui pardonnait – tripoteuse d'ADN. Ils avaient deux enfants, de l'âge des nôtres, et c'était pratique pour se rencontrer. Les petits faisaient la foire dans le jardin et les parents s'envoyaient des apéros et des tapas sur la terrasse, les beaux soirs d'été. Ceux-là, Nathan les aimait plutôt bien.

Et les amis de Nathan ? Pour la première fois, cette évidence toute simple m'a frappée de plein fouet. Nathan n'avait pas d'amis. Pas à ma connaissance, en tout cas. En m'asseyant dans ma voiture - je ne pouvais pas utiliser celle de Nathan, plus grosse, plus belle, c'était physique - l'incertitude me tenaillait de nouveau. Il y avait bien un vague copain du temps de ses études d'architecture – je l'avais rencontré une fois et comment s'appelait-il déjà ? John ou Jack, en tout cas un prénom bref, à consonance anglo-saxonne – il ne l'avait même pas fait monter chez nous. Une bière en ville sur un coin de comptoir et le copain d'alors avait été vite expédié. Je ne me souvenais même plus de son visage. Mais il avait une belle voix, grave, teintée d'un léger accent qui ne manquait pas de charme. On n'avait plus revu le John-Jack, à moins que ce ne soit Greg, oui, c'est ça, mais comment le retrouver, et Nathan ne semblait guère y tenir. Mauvaise pioche de ce côté-là aussi.

Je me suis retrouvée devant l'allée de la maison sans savoir comment. C'est en entendant le gravier crisser sous les pneus que je me suis réveillée. Ces derniers temps, j'avais de plus en plus tendance à me mettre sur pilotage automatique, et en voiture, c'était dangereux. Ne pas oublier que j'étais – temporairement ? – la seule à avoir charge d'âme.

Kate avait rempli le frigo et laissé un mot constellé de fautes d'orthographe sur la table de la cuisine. Elle espérait que j'aurais de bonnes nouvelles bientôt et avait acheté de quoi tenir une semaine. Elle me rendrait demain la monnaie de mes 100€ et irait chercher les petits chez ma mère demain également, si je lui prêtais ma voiture (elle se déplaçait en scooter). Elle dormirait aussi chez son copain José si je n'y voyais pas d'inconvénient.

Le mystère des amours de Kate avait vite été éclairci. La pauvre fille était tellement fière de ne plus être pucelle qu'elle s'était confiée à moi, toute rougissante. Ça ne me convenait guère ce rôle de duègne, mais Kate semblait si avide d'être confortée dans son choix... Un étudiant Erasmus de Valence qu'elle avait rencontré dans une soirée et qui avait, contre toute attente, été séduit par ses éphélides et sa candeur. Je pressentais le pire mais n'avais pas eu le cœur de décourager ces amours naissantes. Je prenais acte. Kate se roulerait cette nuit dans ses étreintes ibériques. J'étais donc seule dans la grande maison et mieux valait que je m'y fasse. J'ai allumé toutes les lampes, mis le disque de jazz préféré de Nathan sur la platine (faire réparer le lecteur de CD), versé dans un verre à pied une rasade de whisky sec, et ouvert mon portable. Pas de message de Nathan. Un sms de Charlotte. « Courage ma belle. J'arrive bientôt. » Un de ma mère : « J'espère que tu n'as pas encore oublié les pantoufles de Tom ! » Un de Philippe : « On doit causer. Bisous. Haut les cœurs. »

Sur mon ordinateur s'accumulaient des mails de l'école me conviant à diverses réunions et me souhaitant accessoirement de reprendre du bon pied. Je m'étais absentée cette dernière semaine, submergée par la déprime. J'ai avalé d'un coup le contenu de mon verre et ça m'a fait tousser. Puis j'ai appelé mon frère :

« Sébastien ? Amène-toi. Je vais mal.

— D'accord. Tu veux que je dorme chez toi ?

— Oui, s'il te plaît !

— O.K, j'arrive. »

Ce qui était bien avec Sébastien, c'est qu'il n'y avait jamais besoin de longs discours. On se comprenait au quart de tour. Faux jumeaux, comme Tom et Lola. Vrais amis. J'étais aussi proche de lui que de Nathan, même si les deux hommes de ma vie s'étaient vite révélés incompatibles. Nathan et Sébastien n'étaient pas solubles dans mon amour commun. Du temps de mon osmose avec

Nathan, Sébastien s'était volontairement mis entre parenthèses et j'en avais souffert.

Lorsque je l'ai vu sur le perron, avec son sac de marin et ses cheveux en bataille, je me suis jetée à son cou.

« Oh, Seb, merci d'être là !

— C'est la moindre des choses ma chère. Dis-donc, tu sens l'alcool toi ! Ça me donne envie ! Sers-moi un verre du même machin. »

Il s'est tout de suite installé, très à l'aise, dans le divan du salon. Je lui ai servi un whisky, dans le verre approprié cette fois. Je retrouvais mes réflexes de maîtresse de maison.

« Mes adorables neveux ne sont pas là ? Déjà au lit ? »

Un peu gênée, j'ai avoué :

« Chez maman. Pas la force de donner le change ces derniers temps... »

Sébastien a levé un sourcil ironique :

« On donne du Maman à présent ? Qui est lobotomisé ? Toi ou elle ? »

J'ai souri :

« Les deux, qui sait ? »

Il a eu la sagesse de ne pas faire d'autres commentaires. Il savourait son whisky. Il portait un blouson de cuir italien suprêmement souple ; une barbe de trois jours, très soigneusement taillée, ombrait ses mâchoires. Il ressemblait à une pub pour after-shave mais moi je retrouvais le gamin malingre, myope et complexé qu'il avait été. Mon jumeau. Mon double plus fragile que je protégeais volontiers et qui prenait sa revanche à présent. Une revanche tendre que je quémandais.

« Je suis si perdue, si tu savais !

— Je me doute. Mais il y a sûrement une explication.

— Oui, mais laquelle ? Je me heurte contre un mur. Je n'y comprends rien. C'est comme si... »

Sébastien m'a fixée, m'infusant le courage de continuer :

« Comme si... il avait organisé son départ. Nous mettre à l'abri, les enfants et moi, la maison est à leur nom et j'en suis usufruitière. Effacer ses traces... Je n'ai aucun indice, tu sais. Il n'a même pas emporté une valise, ni sa voiture. Ses affaires sont intactes.

— Étrange en effet. Et tu as fouillé la maison ? A fond je veux dire ?

— Oui, rien à signaler. Et puis, s'il avait voulu, il aurait été si facile de me laisser, je ne sais pas moi, une lettre, un mail, quelque chose... Mais rien, sauf... »

J'ai rougi, mal à l'aise.

« Sauf ?

— Je vais te montrer. »

Je me suis levée et Sébastien m'a suivie jusqu'à l'atelier, son verre à la main :

« Ah, l'antre du génie...

— Regarde... »

J'ai tendu le petit tableau. Mon frère l'a longuement observé. Puis il m'a tendu son verre vide et est revenu vers le salon, tenant le cadre à bout de bras. Dans la lumière de l'halogène, il l'a incliné, et une clarté blonde a caressé le corps de l'endormie. J'étais mal à l'aise.

« C'est moi, je suppose que tu t'en doutes »

Sébastien a hoché la tête. Il ne souriait plus. Il était un peu pâle.

« Je reconnais encore le corps de ma sœur préférée et d'ailleurs unique. C'était moi qui voulais te savonner dans la baignoire quand on était petits, tu te souviens ? Je te trouvais si belle ! Voilà comment on devient pédé, Monsieur le Juge. À trop vouloir s'empêcher de coucher avec sa sœur... Homosexuel ou incestueux, tel fut mon dilemme !

— Arrête tes conneries. Tu n'es pas drôle et ce n'est pas le moment, là...

— Excuse-moi. Mais parle-moi de ce tableau...

— Je l'ai trouvé le soir de sa... disparition. Je n'en ai parlé à personne. Ce n'est pas dans sa manière habituelle, tu vois bien...

— En effet, plutôt abstrait lyrique, Rothko ou dans le genre, c'est comme ça qu'on dit dans votre milieu ?

— Dans le genre, oui. Et je n'ai jamais posé pour lui. Il ne me l'a d'ailleurs jamais demandé. »

Sébastien a souri, doucement.

« Il a dû le faire de mémoire. Tu dois y être bien imprimée, dans sa mémoire ... »

J'ai hoché la tête avec amertume :

« Pas tant que ça puisqu'il m'a quittée !

— Peut-être pas. Et pas de son plein gré en tout cas. On ne peint pas comme cela une femme qu'on abandonne...

— Je ne sais pas. Je ne suis plus sûre de rien. Il faut que je te parle de la dernière conversation qu'on a eue au resto, trois jours avant... J'y ai repensé toute la nuit. Toutes les nuits, en fait... Il était... bizarre...

— Encore plus que d'habitude ?

— Ne te moque pas, mais oui, encore plus. Comme si... Comme s'il voulait me prévenir de quelque chose, ou s'excuser d'avance pour la peine qu'il allait me faire...

— Explique-toi, tu es floue, tu tournes en rond... Crache le morceau, merde ! »

Vexée, je me suis cabrée :

« Me brusque pas, c'est déjà assez dur. Bon, d'abord il a dit qu'il aimait plus que tout la vie avec moi...

—Plutôt encourageant...

—Oui, il a même ajouté que c'était sa seule vérité, quoi qu'il advienne, ou quelque chose dans le genre... J'ai même trouvé ça mélo, un peu comme au premier jour où il m'a rencontrée...

— Il t'avait bien baratinée ?

— En effet, et ce n'était pas son style pourtant...

— Faut croire... Et disparaître dans les limbes, comme ça, c'était son style ?

— Arrête d'ironiser, c'est agaçant à la longue. Ou alors dégage ! »

Cette fois, j'étais vraiment en rage et Sébastien a levé le pouce en signe de capitulation :

« Sorry, je ne voulais pas en rajouter, vraiment, je suis un crétin... Fous-moi une baffe et continue... » J'ai haussé les épaules. Il exagérait parfois, même si je savais que c'était pour mon bien. J'avais besoin d'être secouée. Pourtant, la rancune me tenait :

« De toute façon tu n'as jamais aimé Nathan, je perds mon temps avec toi...

— Je t'assure que non. Tu aimais Nathan et pour moi c'était l'essentiel. Je préfère les blonds mais je reconnais qu'il était beau gosse, ça te suffit ? Ne fais pas ta susceptible et poursuis... Je te connais, tu iras mieux quand tu auras vidé ton sac, et on y verra peut-être un peu plus clair.

— Il n'y a pas grand-chose d'autre à ajouter, c'est ça le pire. Ah si ! Il a fait allusion à un dernier tableau qu'il voulait me donner, je crois que c'était celui-là... Et il a dit que j'avais procuration pour les vendre, en fait, au début qu'on se connaissait il m'avait donné des procurations pour tout, il avait une totale confiance en moi, je trouvais ça très chic.

— Il t'a mise à l'abri du besoin, c'est le moins que l'on puisse dire !

— Au point que je me suis fait soupçonner par les flics !

— Ah ! La veuve noire ! Alléchant...

— Tu recommences ! Et puis ne dis pas ce mot-là. Nathan n'est pas mort, je le saurais.

— Je crois que tu as raison. Tu as toujours eu de bonnes intuitions. Rappelle-toi ce que tu me disais de Julien, que c'était un mauvais cheval, que je ne devais pas miser un kopeck sur ce type ! Bonne analyse. C'était une enflure ce mec. Et dire que j'en étais fou. Lui, tu vois, il a bien fait de disparaître. De ma vie et de la surface du globe, tant qu'on y est ! »

Ça m'aurait étonnée que Sébastien ne ramène pas encore tout à lui. Il ne pouvait s'en empêcher. Ça datait de notre enfance, où je devais souvent le protéger contre ses propres excès et le consoler de ses errances. À l'avenir, je devrais veiller à ce que le même scénario ne se reproduise pas avec Tom et Lola. J'ai dit, un peu sèchement :

« Il y a encore autre chose, puisque tu voulais tout savoir... »

Mon frère a compris ; il m'a serré la main en guise d'encouragement et de contrition. J'ai continué :

« Ce tableau, j'ai eu l'impression que c'était un signe, qu'il voulait me transmettre un message, ou un avertissement... Comment te dire... Tu as vu cette main ? »

« Oui, on ne la remarque pas tout de suite, mais c'est impressionnant. On dirait une illustration pour Edgar Poe ! Mais j'aime. Ça te va bien, cette main coupée dans les cheveux...

— Je trouve aussi...

— Main d'amant, main de maître ?

—Les deux sans doute. En tout cas, il marque son emprise.

— Cet homme ne veut pas te lâcher, dans tous les sens du terme... Intéressant...

— Surtout, à la fin, Nathan m'a parlé de choses qui nous dépassaient, d'actes dont on n'est pas vraiment responsable... Comme si quelque chose, je ne sais pas quoi, allait se produire malgré lui. J'ai réfuté en disant qu'on avait toujours le choix ou que je croyais en la responsabilité individuelle, enfin, ce genre de connerie moralisatrice. Ça l'a même énervé...

— J'imagine ! La sage Louise qui prend le mors aux dents...

— Oh, pas vraiment. J'étais triste. Il avait l'air de me faire des adieux quand j'y repense...

— Louise, tu en as parlé à la police ? De cette conversation bien particulière ? »

Mon Dieu, que dire... Je n'avais pas eu le cran. Ça me semblait trop intime et surtout je ne voulais pas que Van Laere pose son gros bon sens là-dessus : « Ma petite dame, il s'est tiré avec une autre, votre bonhomme. Histoire banale du mec qui sort chercher des cigarettes et qu'on ne revoit plus. Home bad home... ». Sauf que ce n'était pas ça.

Sébastien s'est penché vers moi, attentif. J'ai machinalement caressé le duvet blond, un peu râpeux, de sa mâchoire.

« Il faut qu'il revienne Seb !

— Il reviendra... Je l'espère. En tout cas, je suis là. »

J'ai sursauté soudain :

« J'y pense ! Son ordinateur est dans le bureau. Tu bosses dans l'informatique après tout ! Tu ne peux pas essayer de... voir ce qu'il a dans le ventre, on ne sait jamais. J'ai essayé de craquer le mot de passe mais je suis nulle. »

Sébastien s'est levé d'un bond.

« O.K. On y va ! Mais ne m'arrache pas les yeux si tu vois surgir plein de nanas à poil ou de mecs en érection ! Les jardins secrets sont des parcs d'acclimatation de nos jours !

— Je prends le risque. »

Dans le bureau de Nathan, je me suis sentie mal, comme au seuil d'une crypte. Sébastien s'est installé et a allumé le portable, un vieux modèle que Nathan affirmait n'utiliser que pour consulter la presse et ses relevés de banque. Il a introduit mon prénom. L'écran a clignoté, une lumière bleuâtre bête et vide. Les doigts de mon frère se sont envolés, rapides et incompréhensibles, sur le clavier. Il a grimacé.

« Je ne suis pas équipé pour mais, à première vue, je dirais que le disque dur est effacé. Avec un logiciel perfectionné, je pourrais peut-être essayer d'investiguer mais je pense que c'est peine perdue. »

Il s'est tourné vers moi, grave soudain.

« Ma Louise, j'ai bien peur que ton époux, ou assimilé, n'ait eu des choses à cacher. Je ne me sens pas de jouer au petit détective. Ils sont tous nuls, à la police ?

— Il y aurait bien quelqu'un : le commissaire Delvaux. »

Et Sébastien a dit :

« J'aime bien ce peintre... »

J'ai appelé Delvaux le lendemain et j'ai retransmis, le plus fidèlement possible, ma dernière conversation avec Nathan. Sébastien, qui avait dormi dans la chambre d'amis, a assisté à la rencontre. Lui et Delvaux se sont soigneusement évités du regard ce qui m'a paru bon signe. Ces deux-là s'apprécieraient, et plus si affinités ; j'avais besoin d'alliés dans ma quête.

Le commissaire était assis en face de moi, pensif. J'ai servi des cafés, proposé de l'alcool, ce qu'il a décliné. Sébastien a accepté un whisky avec un sourire légèrement ironique.

« Je ne suis pas en service, moi. » On était samedi et j'appréciais que Delvaux se soit déplacé.

Il avait embrassé la pièce du regard, jaugeant meubles et (rares) bibelots. Je lui ai fait visiter l'atelier et le bureau de Nathan. Il a longuement contemplé les tableaux – mon portrait en dernier – sans émotion. L'ordinateur nettoyé, par contre, l'a fait grimacer.

« Cela ressemble à des préparatifs de départ, j'en ai bien peur. Et visiblement votre époux ne veut pas que l'on retrouve sa trace. »

J'ai dû changer de couleur car il a ajouté :

« Je ne veux pas vous alarmer, mais j'avoue que je penche pour un départ volontaire, ce qui écarte l'hypothèse d'un crime de rôdeur ou d'un accident. Dans ce cas-là, vous avez une chance de revoir Monsieur Keller, qui vous expliquera, je l'espère, les raisons de sa disparition. C'est souvent le cas. Les tableaux et l'argent qu'il vous a légués, devant témoins, prouve qu'il vous garde son affection et qu'il se préoccupe de ses enfants. Bon signe, cela aussi. Un homme aux abois ne se comporte pas ainsi et peut même commettre, c'est rarissime heureusement, des gestes désespérés et souvent violents envers ses proches. »

Je savais ce qu'il insinuait et Sébastien m'a entouré les épaules de son bras en lançant un sale regard au policier.

« On ne va pas illustrer les pages de Détective, commissaire, rassurez-nous ?

— Non. Il reste hélas, pardon Madame, l'éventualité d'un suicide. Le fait que votre compagnon n'ait pas utilisé son véhicule, qu'il n'ait emporté aucun bagage, doit nous inciter à creuser de ce côté-là aussi, même si, je le répète, Monsieur Keller ne souffrant d'après vos dires d'aucun syndrome dépressif, cela me semble assez improbable.

— Que comptez-vous faire alors ? » C'est Sébastien qui avait enchaîné. J'étais, à ce stade, incapable d'ajouter un mot.

« Fouiller le bois, draguer le fleuve. Ce sera sans doute inutile, mais au moins nous écarterons sans doute cette piste et ensuite, il vous faudra être patiente, madame Delaunoy, et nous avertir de tout nouvel indice.

— Cela va de soi. »

Sébastien a raccompagné Delvaux à la porte et leurs regards se sont enfin croisés. Sébastien a souri. Ils se sont serré la main. Mais toute cette humaine comédie me semblait sans importance à présent. J'avais peur de ce qui allait suivre.

Et j'avais raison car comment décrire le chaos qui a fait exploser le calme ombrageux des bois clôturant le jardin ? Les rafales bleues des gyrophares trouant la pénombre, l'aboiement des chiens, le crépitement des branches cassées, les appels et les ordres gueulés ?

Et par-dessus tout, l'avidité des voisins, pas bien nombreux heureusement dans ce quartier, qui piétinaient derrière les haies, se haussant sur la pointe des pieds pour mieux voir. Je les soupçonnais de vouloir flairer le sang comme des hyènes et cela me dégoûtait. Sébastien me sommait de me calmer. Kate me serrait la main, comme une petite fille apeurée et cela ne lui seyait pas. J'aurais voulu l'éloigner, mais j'en avais besoin, elle s'occupait encore des jumeaux, toujours entre parenthèses chez ma mère. J'étais incapable d'assumer l'intendance. Déçue de moi-même, je payais Kate mais ne la remerciais pas. Je me découvrais égoïste et indifférente à tout ce qui n'était pas mon malheur, que je goûtais comme un bonbon empoisonné, isolée dans le calme relatif de ma chambre.

Les recherches ne donnèrent rien. Le fleuve ne restitua aucune proie. J'aurais dû être soulagée. Je tombai dans une sorte d'ataraxie. La vie, ou ce qui en tenait lieu, reprit son cours. On raconta une histoire de voyage aux enfants, qui ne furent peut-être pas dupes et se replièrent l'un sur l'autre, ying et yang fraternels et impénétrables. Je retrouvai le chemin de l'école, mes élèves à haut potentiel, et mes collègues que je ne voyais pas. Charlotte annonça une fois encore sa venue et une fois encore ne tint pas promesse, ce qui me soulagea. Philippe envisageait de monter l'exposition sans Nathan et sans moi. On viendrait chercher les toiles bientôt.

Et tout cela m'indifférait...

VII

NATHAN KELLER

Depuis que Nathan avait quitté Liège, l'angoisse et le remords le quittaient doucement, par strates. De toute façon, il ne s'appropriait jamais aucune ville, aucun pays. Il avait cru posséder une femme, des enfants, c'était sans doute une erreur. Le Visiteur s'était chargé de le lui rappeler.

À présent, il pensait à sa mission. Un terme noble pour une réalité qui l'était moins, mais tout était relatif. Nathan ne croyait plus à la morale depuis longtemps. Il ne croyait pas à grand-chose, en fait, et à ce stade, on pouvait considérer que c'était une force.

L'hôtel était parfaitement situé. On pourrait repasser la frontière facilement, et puis, comme d'habitude, personne ne ferait le lien, car il n'y avait aucun lien à faire.

Assis sur le lit, Nathan ouvrit son sac et sortit le révolver. Le Visiteur avait remplacé son Glock par un Five-seven léger, plus ergonomique. En d'autres circonstances, Nathan l'aurait approuvé de promouvoir la Fabrique Nationale de sa ville. Un clin d'œil à ses origines... Mais bon, ce choix devait être plus rationnel que sentimental. Et puis, le Five était une arme courante, trop anonyme pour être facilement tracée. Bien vu.

Nathan Keller avait tué pour la première fois à l'âge de quinze ans. À l'âge des premières révoltes et des premières amours. À l'âge où les seins naissants des filles commencent à faire ricaner les ados gambergeurs. À l'âge où les passantes entrevues lèvent des émois et des moiteurs... Il avait tué, froidement, avec une détermination d'adulte. Il ne l'avait jamais regretté. Lorsqu'il avait été mis en demeure de continuer, il était devenu bourreau comme d'autres deviennent espion ou cadre dans l'import-export. La première décharge d'adrénaline passée, c'était presque devenu un boulot comme un autre. Bien payé, la moindre des choses. Il ne faisait plus de cauchemars. Enfin, pas souvent. Une partie de lui, il n'aurait su dire laquelle – l'analyse ne l'intéressait pas – était sans doute morte ce premier jour. Le Visiteur l'avait bien compris. Il y avait eu une parenthèse enchantée : Louise et les enfants. Au moins, il aurait goûté à ça, avant que la minéralisation ne reprenne son cours. Redresser la barre, remonter le courant – ça, c'était des conneries pour magazines psys ; Nathan ne pourrait plus jamais infléchir le courant de sa propre vie. Un barrage s'était dressé entre lui et le reste du monde depuis bientôt trois décennies. Le Visiteur avait sans doute pris un risque en le laissant reprendre son souffle pendant 10 ans, mais c'était un risque calculé. Tout le monde s'en remettrait.

Nathan alluma le petit poste de télévision. Il zappa le visage hilare d'un présentateur qui sautillait comme un ludion à côté d'une grosse fille blindée de paillettes, qui touchait l'acmé de son existence en beuglant dans un micro avec une conviction de scientologue. Un public en boîte applaudissait sur ordre. Un radio-crochet nouvelle version. C'était la mode, avec l'analyse transactionnelle et le déballage juteux des petites misères intimes. Nathan se surprit à sourire en s'imaginant donner gravement le mode d'emploi du crime parfait à une bombasse aux lèvres refaites. L'autre chaîne annonçait sans transition un nouveau massacre au Moyen-Orient. Des momies ensanglantées, depuis leur civière, levaient deux doigts en signe de victoire et le dérisoire du symbole l'amusa. Il s'intéressa brièvement à l'Uzi que brandissait un combattant et cela l'amena tout naturellement à récapituler son *modus operandi* prochain. Il avait deux jours. Pas un de plus. Comme prévu, la troisième chaîne était la bonne. Le visage du politicien apparut, replet et confit de gravité. Les mots « solidarité », « fracture sociale », « crise économique majeure » ronronnaient dans une atmosphère de fin de règne. Les autres invités s'empoignaient et relançaient les mêmes mots comme des boomerangs. Le journaliste portait une cravate mauve qui scintillait sous les spots. Il somma son invité de repréciser son programme. L'autre s'exécuta avec gourmandise, levant une main bénisseuse pour calmer le reste de la meute. Nathan savait exactement où il se trouverait dans 12 heures. Le Visiteur lui avait fourni l'adresse du refuge ; l'homme n'avait pas encore entamé sa campagne, il n'était pas protégé en permanence comme ses adversaires. Dommage pour lui. À ce stade de sa carrière, Nathan ne se préoccupait plus du motif de sa mission, il avait confiance en son commanditaire, et le Visiteur l'avait persuadé du principe que moins on en sait au début, mieux cela vaut. Pour les deux premières exécutions, Nathan avait été très motivé. Une vocation quasi christique. C'était lui le Dieu vengeur et flamboyant. Pour la troisième, le Visiteur avait pris la peine de détailler ses raisons. C'était son histoire intime à lui, glaçante, et Nathan ne pouvait qu'adhérer. Il y avait eu deux autres contrats, et là, bien sûr, Nathan n'avait plus eu le choix. Il espérait vaguement que celui-ci serait le dernier.

Il avait mémorisé l'adresse, visualisé le plan. Il jouissait d'une excellente mémoire et n'utilisait jamais de GPS, trop dangereux.

Le refuge du sénateur Morrier se situait au cœur des Ardennes, un chalet de style montagnard protégé par des pins et une haie de bouleaux. La BMW du politicien était à demi engagée dans le raidillon qui menait au garage. La douceur du temps lui avait fait commettre cette imprudence. Porte ouverte, bagages jetés dans l'entrée. Nathan le vit, à travers la fenêtre du rez-de-chaussée. Il téléphonait. Son crâne chauve luisait dans un reflet de couchant. Il était seul, comme prévu. La fille devait arriver plus tard. Une *escort* bosniaque de 19 ans. Sans doute moins. Elle serait soupçonnée dans un premier temps, puis vite innocentée. Du moins, il fallait l'espérer pour elle. Franz De Styx, que Nathan s'obstinait à appeler le Visiteur, pour des raisons très anciennes, lui avait appris à ne pas se préoccuper des dommages collatéraux quand il y en avait – et c'était rare. Certes Morrier gênait ses détracteurs, il prenait de l'avance dans les sondages, défendait la veuve et l'orphelin avec hargne sur les plateaux, mais ce n'est pas ses adversaires politiques qui commanditaient le meurtre, de cela Nathan était presque sûr. Par contre, ces derniers auraient sans doute été ravis de le faire chanter en atomisant son auréole de bon père de famille. Et la Bosniaque devait avoir la beauté d'une bombe à neutrons. Mais Morrier avait rendez-vous avec la mort pour une autre raison, plus marécageuse, plus insoutenable – pour cela Nathan faisait confiance au Visiteur, qui ne l'avait jamais trompé sur ce point. Tous leurs clients étaient des monstres. Des monstres tranquilles, indécelables. Seul le Visiteur avait, par hasard ou sur commande, sondé un jour leur cloaque, et choisi de les faire payer. En enrôlant le très jeune Nathan dans son armée, il avait décidé, en bon démiurge, de le placer de l'autre côté du gouffre. À Nathan de s'accommoder de ce destin barré. De dire oui ou non, comme son père face au cancer. On a toujours le choix, n'est-ce pas ? Louise, qui ne savait pas dans quelle noirceur il se débattait depuis l'enfance, le lui avait répété ce dernier jour...

Nathan se raidit. Ne pas penser à Louise. Surtout maintenant. Il respira à fond l'odeur de résine des pins qui le dissimulaient. Sa voiture était planquée à 1 km, dissimulée, elle aussi, dans un chemin de traverse repéré la veille. D'une détente silencieuse il se redressa et fila vers le garage. Il y avait une porte communicante. Le plan était clair. Il vérifia une dernière fois le silencieux vissé au Five et se glissa dans un étroit couloir qui menait à une pièce unique, vaste et cuivrée par le crépuscule. Comme à Charleville, un trophée de dix corps ornait le dessus de la cheminée. Tiens, Morrier aimait la chasse ! Un point de moins dans les sondages. Sa clientèle vénérait le propre et le vivant. Surtout sur affiche. Elle aurait été grandement choquée par l'animal mort. Morrier téléphonait toujours. Il s'énervait et sa voix dérapait dans l'aigu, alors qu'il maîtrisait fort bien ce défaut devant les micros. Nathan le regarda un instant s'agiter et vociférer. Il s'épongeait le front avec un mouchoir blanc, comme s'il capitulait déjà. Par deux fois, il cria : « Putain de merde !! » – Ses affaires n'avaient pas l'air de s'arranger. L'espace d'une seconde, Nathan fut effleuré par le doute. Si on laissait les choses suivre leur cours ? Ce type avait l'air bien parti pour imploser tout seul. La Bosniaque ferait le reste. Mais Franz De Styx l'avait condamné. C'était sans appel. Alors, il fit un pas en avant. Morrier interloqué interrompit sa conversation et leva la tête. Son visage rond exprima l'incompréhension la plus totale. Il était encore trop en colère pour avoir peur. Il glissa le téléphone dans sa poche de poitrine et s'exclama :

« Qui êtes-vous, qu'est-ce que vous foutez ici d'abord ? » Il devait penser à la fille. Manifestement, il y avait erreur sur la personne. Sa hargne précipita la décision de Nathan. Il détestait qu'on lui crie dessus. Calmement, il visa Morrier entre les deux yeux. Il variait rarement sa technique. L'homme eut un hoquet de surprise, et la terreur monta comme une marée dans ses prunelles. Nathan tira.

****

La première fois que j'ai compris que gisait à mes pieds un corps déserté, j'ai ressenti, je m'en souviens, comme un coup à l'estomac. Je me suis plié en deux. C'était le premier mort que je voyais. Et c'était moi le responsable. Le visage surtout m'impressionnait. Cette lividité soudaine. Les lèvres qui commençaient à régurgiter une écume rougeâtre. Car il y a eu beaucoup de sang cette première fois. Comme pour une défloration. Un sang qui imbibait, avec une sorte de lenteur, le collet ecclésiastique et le revers du veston, ouvert dans la chute. Les mains crispées prenaient peu à peu la couleur de la cire et les jambes s'ouvraient selon un angle bizarre, qui me levait le cœur.

J'avais frappé avec une rage, mais aussi une précision, qui me surprend quand j'y repense. J'avais tout prévu – ôter ma chemise, ce que ma victime avait apprécié dans un premier temps, et protéger mes mains de gants que je détruirais par la suite. Le sang qui m'avait aspergé – d'une tiédeur écœurante – j'avais même eu le réflexe de l'essuyer avec le vaste mouchoir qui servait habituellement à éponger d'autres humeurs... L'arme du crime était à l'époque l'Opinel du concierge, que j'avais dérobé en toute connaissance de cause. S'il y avait bien une ordure à soupçonner en premier, c'était ce salaud de Walter, le fournisseur. Je m'étais bien entraîné avant, sur un vieil oreiller qui traînait à la cave. Ni vu ni connu. Ces grandes baraques religieuses recélaient leur lot de coins sombres...

Et l'abbé François-Marie de Linkebeek en connaissait un rayon, question coins sombres. Celui-là, derrière la grande salle d'étude et la bibliothèque du premier, il le pratiquait souvent, à la nuit tombée, quand les bons Pères étaient censés méditer ou digérer le dernier repas d'une journée studieuse. Les élèves plus jeunes avaient déjà regagné les dortoirs, et les autres bénéficiaient d'une heure de vacance dans le local des aînés. Les plus pieux, dont je prétendais être, pouvaient aussi se rendre à la chapelle. Ces derniers mois, je m'étais livré à une overdose de chapelle. L'odeur d'encens m'étourdissait jusqu'au plaisir et la rigueur romane des murs et des piliers – patrimoine classé – m'inspirait un vertige proche du mysticisme. Les yeux fixés sur le grand Christ de bois, j'implorais muettement : « Dieu, si tu veux que je croie en Toi, alors donne-moi la force de tuer ce salaud. C'est tout ce que je te demande. » La jeunesse ne doute de rien. Je ne crois toujours pas en Dieu ni en ses sbires, mais cette force, je l'ai eue. Contrat de dupe donc. Je suis mauvais joueur.

François-Marie de Linkebeek était laid. L'eussé-je tué s'il eût été beau, c'est une question qui me taraude toujours. Mort, il était encore plus effrayant. Il ressemblait à un mannequin désarticulé, à une poupée de film d'horreur. La haine se détachait de moi peu à peu, comme une peau morte. La flaque de sang qui s'élargissait sous le corps me tétanisait et pourtant il fallait que je fuie. Quand la porte du cagibi s'était ouverte, alors que j'avais cru la fermer à clé, je m'étais retourné, dévasté d'horreur. Et Franz De Styx était entré, souriant presque.

« Beau travail, petit ! »

Comment avais-je réussi à ne pas m'évanouir, je me le demande. J'ai porté, dans un geste involontairement théâtral, la main à mon cœur, juste sous la cicatrice. Mon Opinel est tombé. L'autre l'a ramassé aussitôt et enveloppé de son mouchoir avant de le glisser dans sa poche de poitrine.

« Voilà un couteau que son propriétaire va retrouver bientôt ! »

Il a eu un bon sourire, que démentait l'éclat très froid du regard bleu.

« C'est à notre brave Walter n'est-ce-pas ? »

J'ai acquiescé, incapable de prononcer un mot.

Franz a siffloté, approbateur :

« C'est ce qui s'appelle faire d'une pierre deux coups ! »

Puis :

« Mets ta chemise et retourne dans ta chambre. Ne te fais pas voir surtout, on ne va pas prendre racine ici. Dans un quart d'heure, tu me rejoins à la bibliothèque. »

C'était un ordre et je ne m'y suis pas trompé. J'ai regagné, dans un état second, ma chambre d'écolier. Une chambre individuelle, à laquelle, dans ce collège huppé des Ardennes, on avait droit à partir de 15 ans lorsque les parents payaient. Une pièce stricte mais confortable, qui donnait sur un parc arboré, que délimitaient un court de tennis et un potager. Derrière le parc, une vague de hauts sapins d'un vert nocturne barrait l'horizon. La communauté aimait se donner l'illusion de vivre en autarcie.

Les bâtiments du 17e avaient été reconstruits à l'identique après la guerre – l'avance Von Rundstedt s'était durement fait sentir dans la région – mais la chapelle, plus ancienne, était miraculeusement restée intacte. En me tordant le cou, je pouvais apercevoir ses murs et un pan de sa petite tour carrée. D'habitude, cette vision me réconfortait. Ce soir-là, elle me semblait plutôt ironique. J'ai fixé mon réveil de poche et compté 15 minutes – 900 secondes que j'ai égrenées, dans une brume de stupeur. Puis je me suis levé et j'ai gagné sans bruit la bibliothèque. Personne dans la volée d'escaliers. Dieu vraiment m'avait à la bonne… Franz feuilletait un livre, à la lueur d'une lampe protégée d'opaline. La vaste salle lambrissée et couverte sur deux étages de volumes reliés de cuir était paisible, comme à l'accoutumée. Quelques étudiants finissaient un devoir, le Père chargé de la surveillance lisait la gazette du jour, et deux autres visiteurs, que je connaissais peu, semblaient plongés dans d'austères pensées, à moins que ce ne soit l'effet de la digestion.

J'ai rejoint De Styx, les jambes en coton. Je pense qu'à ce stade, je n'avais pas encore tout à fait réalisé mon geste. J'avais eu l'énergie et la colère suffisantes pour le planifier et l'exécuter, mais à présent j'étais vide, en proie à une vague mais persistante nausée. Franz De Styx m'a regardé. C'est la première fois que j'ai réalisé à quel point son regard était pâle, presque transparent, on pouvait le traverser, et cette absence d'obstacle mettait mal à l'aise, on ne s'accrochait à aucun sentiment, aucune émotion. Un miroir de glace.

Franz De Styx était ce qu'on appelait au collège Saint-Xavier, un visiteur. Les visiteurs, toujours des hommes – il y a trente ans les femelles étaient bannies du Collège – étaient des laïcs qui venaient rechercher dans les murs et les jardins de la communauté jésuite un ressourcement spirituel, ou une planque confortable. La chère était simple mais de bonne qualité, le gîte d'une austère élégance, les services religieux non obligatoires, et les hôtes avaient en outre accès aux services et à la grande bibliothèque. Venaient à Saint-Xavier, je le supposais à l'époque, des écrivains à la recherche d'inspiration, des idéalistes en quête de spiritualité ou des dépressifs avides d'espaces verts et de balades en solitaire. Tout cela était payant bien entendu.

Le Principal du Collège était un Père jésuite aimable et distant. Quand il vous convoquait dans son bureau, cela impressionnait. Il parlait peu et avait l'habitude de frotter l'arête aquiline de son nez d'un geste méditatif qui n'augurait rien de bon. Bon élève, j'avais rarement affaire à lui. Les autres professeurs étaient prêtres ou laïcs, à égale proportion à l'époque ; je pense que cela a changé. La plupart étaient de braves gens. Certains pouvaient même être brillants, je pense à Masquelier, le titulaire de latin-grec.

Et puis il y avait certains autres : François-Marie de Linkebeek, par exemple, produit déviant de la confrérie, un regard brûlant d'ascète et une laideur blême de fils à maman trop couvé. Il devait avoir trente ans – ce qui me semblait vieux à l'époque – et enseignait la langue néerlandaise que je n'aimais guère, comme bon nombre de petits Wallons réfractaires aux consonnes et mots en beek. Nos oreilles faisaient les dégoûtées et on rêvait tous de sonorités espagnoles – ah Don Juan ! – ou de douces roucoulades italiennes (Claudia Cardinale brûlait encore les écrans à l'époque). C'est dire que le pauvre Linkebeek (je lui écrabouille la particule) avait du fil à retordre avec nos troupes. Il s'en sortait en nous terrorisant, selon une méthode qu'il avait mise au point de longue date. Il alternait, si j'ose dire, la carotte et le bâton, portant les uns au pinacle et humiliant les autres, encensant un jour, et moquant le lendemain ce qu'il semblait avoir adoré... Il avait des préférés et des têtes de turc, mais nul n'était certain de persister dans une catégorie. Bref, le pieux François-Marie avait su se démarquer de manière géniale de ses confrères et coreligionnaires. Il aurait dû être détesté, chahuté en raison de sa laideur – la jeunesse est rude sur ce point – il était au contraire craint, c'est-à-dire respecté. Chapeau l'artiste !

C'était donc cet homme-là que je venais d'occire de trois coups de couteau portés avec violence à la poitrine et à la base du cou. Et j'avais eu un témoin. Le Visiteur. J'imagine qu'il nous observait depuis pas mal de temps. Qu'il attendait son heure.

Son nom – vrai ou pseudonyme – il me l'a révélé par la suite. Mais pour moi il est toujours resté le Visiteur. Un invité comme d'autres dans ce Collège en apparence paisible, pépinière de petits bourgeois cathos bon chic bon genre (certains feraient carrière...). On ignorait sa profession à l'époque. Ça ne nous regardait pas et on s'en foutait. D'ailleurs, l'ai-je jamais connue ? La raison de sa retraite m'échappait également. Il se mêlait peu aux groupes, mais c'était l'habitude. Saint-Xavier n'était pas le Club Med. Il se promenait beaucoup dans les jardins et s'échappait parfois vers les sapinières. Rien d'inhabituel. Sa Mercédès noire immatriculée en Suisse et garée dans le parking des visiteurs, à côté de la camionnette du concierge et de la modeste Renault du Principal – qui respectait apparemment ses vœux de pauvreté – nous impressionnait davantage. Que fabriquait ici cet Helvète ? Il avait une tête un peu ronde et brutale qu'une coiffure en brosse durcissait encore. Les fameux yeux bleus achevaient de nous renvoyer avec mélancolie à notre condition de freluquets mal finis, qui enviaient sa gueule de soldat. On prétendait que c'était un ancien de la Légion, que les bons Pères recueillaient en attendant que certaines choses se calment. Lesquelles, je n'en n'ai jamais rien su, encore à l'heure actuelle, et cela relevait bien sûr des spéculations de nos esprits échauffés. Qu'il soit Suisse et certainement banquier était plus probable. Un Calviniste chez des Ignaciens, cela ne manquait pas de piquant et prouvait la grande ouverture d'esprit de notre avisé Recteur.

Quoi qu'il en soit, je suis resté planté devant le Visiteur comme devant un juge. Je sentais venir peu à peu l'effet boomerang de mon acte. Les battements de mon cœur s'accéléraient jusqu'au malaise. Une mauvaise sueur poissait mes aisselles et mon front. Je devais être pâle. D'un geste, mon témoin m'a fait asseoir à sa table, face à lui. Un élève, un grand de terminale, a levé la tête pour nous observer avec curiosité. Le Visiteur m'a tendu son livre, un volume relié pleine peau, avec naturel. Il avait l'air benoît d'un grand frère qui aide le petit à faire ses devoirs. Ça arrivait parfois. Rarement. Les étrangers, on leur fichait la paix. Mais bon, toute règle comporte ses exceptions. Les affinités électives, cela existait, en dehors de l'immonde commerce des Linkebeek. J'ai ouvert le bouquin, machinalement. J'ai lu sans comprendre : « *Mais où est la route, où trouver le bonheur, voilà ce que les hommes ignorent. Ils errent. Errer est déjà une recherche...* » Mon vis-à-vis a hoché la tête avec petit rire. « St Augustin. Lecture édifiante. N'est-ce pas, mon jeune errant ? »

J'ai secoué la tête, accablé.

« Je ne comprends pas. Qu'allez-vous faire, me dénoncer ?

— Qu'en penses-tu ? » Il chuchotait mais je saisissais parfaitement la moindre de ses inflexions.

« Je ne pense plus rien.

— Je te demande pourtant de faire un effort. »

Il y avait à présent, c'était imperceptible mais cela me glaça, une menace dans son chuchotement. Et le regard translucide me fixait sans ciller.

— Il faut me comprendre ! » – j'ai balbutié. Et comme un gosse, j'ai failli fondre en larmes.

« Tiens-toi. Tu viens de poignarder un homme. Ça ne sert à rien de pleurnicher. Il faut assumer, maintenant ! »

J'ai répété, dans un souffle :

« Vous allez me dénoncer ?

— Je pourrais. Est-ce mon intérêt ? »

Cette fois-ci j'ai senti que tout était perdu et bizarrement, cela m'a soulagé. Je n'allais pas en plus donner à ce type le plaisir de jouer avec mes nerfs. Sur un ton de défi, j'ai affirmé : « Alors allez-y ! De toute façon, j'ai tué une ordure. Vous vouliez que j'assume. Eh bien c'est fait ! »

Je l'ai regardé bien en face à mon tour. J'étais fatigué, qu'on en finisse, et vite. Il a levé les sourcils :

« On te mettra en maison de redressement. Ta belle jeunesse va se flétrir... Tu côtoieras des brutes d'éducateurs qui te feront regretter ce brave abbé, crois-moi ! Après, qui sait, la tôle ? La vraie ? Il doit se marrer ton cureton, dans son purgatoire !...

— Plutôt son Enfer ! » J'ai craché le mot et de nouveau le petit rire moqueur :

« Bah ! Dieu reconnaîtra les siens et il n'est que Pardon, si je comprends bien ?...

— Ou vengeance !

— Le beau mot ! Tu progresses petit ; donc tu te fais le bras armé de Dieu, si je résume ?

— Je peux me venger tout seul. Pas besoin de Dieu ni de Diable !

— Je sens que ton éducation porte ses fruits ! De mieux en mieux. Nous progressons.

—Vous allez appeler la police ? » J'ai soudain pensé à mon père. Le choc que cela lui ferait. De nouveau, l'horreur m'a submergé. Le Visiteur a secoué le front :

« Ce serait con, hein ? Finir en tôle à cause de ce Linbeek, c'est comme ça qu'il s'appelle ? Peu importe. Il t'aura eu jusqu'au bout, ce salaud ! Alors que tu avais pris tant de précautions ! Ça m'a impressionné d'ailleurs, un tel sang-froid à ton âge ! Et je fais rarement des compliments.

— Vous pouvez pas savoir. Ça fait trois ans que j'en bave ! Je... je n'avais plus d'autre solution. Pour que ça s'arrête...

— Qu'est-ce qui doit s'arrêter ? »

Sous l'implacable regard bleu j'ai rougi, accablé de honte :

« C'est mon affaire. Il le méritait, c'est tout, et faites ce que vous voulez à la fin. J'en ai marre. J'en peux plus ! » – et mes larmes se sont mises à couler. Il a eu l'air presque affolé pour la première fois.

« Arrête ça immédiatement ! On va se demander pourquoi je te fais pleurer. T'as pas intérêt à attirer l'attention petit ! Ressaisis-toi bon sang ! Tu assassines comme un pro et tu chiales comme un gamin ! On se calme ! »

J'ai reniflé le plus discrètement possible. Ma vie était un vrai gâchis depuis longtemps. Et ça n'avait pas l'air de s'arranger. J'ai feint de me replonger dans Augustin.

« À la bonne heure. Bon, comprenons-nous bien. J'imagine ce que le gentil curé t'a fait. Tu n'es sûrement pas le premier à qui ça arrive mais ta réaction m'a, disons, hautement intéressé. Tu as du cran. Et le cran, j'aime ça, mieux : je l'utilise. Je t'approuve et je te comprends. D'ailleurs, tu as bien mis à profit les préceptes de Saint Ignace, le patron de cette vénérable maison : *il faut donner à chacun l'occasion de découvrir ses dons et de les développer en se dépassant.* Mettons que j'aie trouvé l'occasion de développer tes fameux dons. Tu es un vrai tueur, mon enfant ! »

J'ai sursauté :

« Ce n'est pas une vocation, si c'est ce que vous voulez dire !

— Nous en discuterons plus tard. Nous ne devons pas attirer l'attention. J'ai de grands projets pour toi. »

À ce moment, j'ai vraiment senti que ma vie basculait. Que le puits, dans lequel je glissais depuis des mois comme une Alice de cauchemar, semblait être sans fond. Les dents serrées, j'ai murmuré tout en me levant :

« Laissez-moi tranquille maintenant ! »

Il a souri en secouant la tête :

« Il me semble que tu n'as pas le choix mon petit. Rejoins-moi à la chapelle, demain, après tes cours du matin. J'ai observé que tu étais un habitué des lieux. Nous serons tranquilles et je donnerai mes instructions. D'ici-là, tu n'as rien vu ni rien entendu. Il va y avoir un peu de remue-ménage dans quelque temps. Ton œuvre sera bientôt découverte. En cas de nécessité, même si tu as pris tes précautions, je pourrais te servir d'alibi. J'ai l'habitude ! » ; il avait l'air de s'amuser prodigieusement. Puis son regard m'a glacé de nouveau : « Simplement, à partir de ce moment, tu m'es redevable. Tout acte porte ses conséquences. Nous ferons en sorte de joindre simplement l'utile à l'agréable. À demain ! »

C'est vrai qu'il y a des gestes fondateurs. Le meurtre de François-Marie fut un de ceux-là. Disons qu'à partir de ce moment, j'ai pris la décision de transformer ma sujétion en force. J'étais passé d'un esclavage à l'autre, sans aucun doute, et vu sous cet angle ma situation n'était guère brillante. J'ai passé la nuit à mordre l'oreiller pour étouffer mes cris de rage et d'angoisse. Je me représentais sans cesse le corps inerte de Linkebeek abandonné dans son cagibi. La mare de sang déjà coagulée. Un sang dont le geyser chaud me hantait encore, ad nauseam... Il se passerait peut-être un certain temps avant qu'on ne retrouve le cadavre. Et puis après ? J'étais soumis, encore une fois, à un adulte. Le chantage du Visiteur était clair. Simplement, j'ignorais quelle serait la monnaie d'échange. Mon seul espoir était que sa proposition puisse, non pas apurer les comptes, restons lucide, mais du moins tenir à distance les chiens fous qui mettaient en pièce mon existence depuis pas mal d'années déjà. Le Visiteur me désirait pour un tout autre usage que celui dont s'était repu mon professeur, et mon instinct me disait que, cette fois, cela ne me déplairait pas autant. De sorte que, contre toute attente, j'ai fini par m'endormir, et tellement profondément que j'ai à peine entendu la cloche du réveil. J'ai juste eu le temps de me passer la tête sous l'eau froide – les chambres individuelles possédaient des lavabos, mais les douches communes étaient au bout du couloir – pas le temps – et de bondir dans des vêtements propres (ceux de la veille étaient roulés en boule dans le panier à linge sale, je devais vérifier qu'ils ne partent pas trop vite à la blanchisserie du collège – s'il y avait du sang ?). On n'exigeait pas d'uniforme heureusement. Pantalons de toile sombre et chemise blanche ou bleu marine étaient seulement recommandés. Je me suis retrouvé porté par la vague des élèves, mon cartable sous le bras. Les escaliers étaient en chêne et sentaient bon la cire. Il y avait, à hauteur du premier étage, un vaste tableau, une reproduction du Greco je crois, qui montrait Saint Ignace de Loyola à l'heure de sa conversion. Pas un cadeau pour tout le monde cette conversion, mais mes pensées dérivaient à cet instant bien loin du sinistre fondateur. Je pensais à de Linkebeek, à mon rendez-vous de la chapelle, à mon obligation de donner le change vis-à-vis de mes camarades, que j'avais pourtant pris l'habitude de tenir à distance – les habitudes du prêtre à mon égard ayant fini par tisser entre moi et le reste du monde une barrière de protection invisible. Honte et méfiance m'avaient rendu abrupt, et les autres ne m'appréciaient guère, même si leur premier mouvement avait été de venir à moi. J'étais beau, pour mon malheur, et je pouvais être drôle ou méchant, trois denrées appréciées dans les collèges. Mais je tenais à ma solitude. Le commerce des hommes, non merci, je donnais assez.

Ce fameux matin, électrisé par l'angoisse, j'étais presque disert. J'ai ri exagérément à une potacherie de Fisher, un condisciple luxembourgeois rouquin qui m'avait à la bonne. J'ai résolu des équations avec bonheur, ça me vidait la tête, et j'ai filé, à peine la récré sonnée, vers la chapelle, m'attirant le regard attendri du prof de math qui me subodorait en pleine crise de mysticisme. Cela arrivait à certains élèves, au moment de l'adolescence, comme une rage de dents. Souvent cela passait. L'époque était plutôt Peace and Love, et la grande affaire était de porter les cheveux les plus longs possible sans se faire tondre ou réprimander. Les miens bouclaient naturellement et François-Marie appréciait leur luxuriance. J'aurais voulu être chauve.

J'ai tout de suite repéré le Visiteur malgré la pénombre. Ironie ou préméditation, il était à côté du confessionnal. En paletot sombre, il avait l'air de prier mais je savais qu'il n'en était rien. Nous étions seuls. La chapelle était souvent déserte à cette heure. Je me suis glissé derrière lui, les mains jointes, à tout hasard. Son chuchotement m'est parvenu, audible pour moi seul. J'ai répondu à ses questions. Il voulait des renseignements précis : sur mon père, sur ma vie courte et si mal commencée, sur mes intérêts – carbonisés en plein vol. Il a tout de suite perçu – j'en suis sûr à présent – le profit qu'il pouvait tirer de la mort de ma mère, même si j'étais encore loin d'en fournir les détails. Il ne m'a rien dit sur lui. Ce n'était pas d'actualité, et, je ne le savais pas encore à l'époque, ce ne le serait jamais vraiment. Je n'ai jamais connu, au fond, l'histoire de Franz De Styx, jamais appris qui il était vraiment. Pour mon bien je suppose, et surtout pour le sien, je le soupçonnais d'entretenir le mystère avec une certaine coquetterie. Il vivait en Suisse, du côté de Lausanne la plupart du temps, voyageait fréquemment, en Afrique et dans certains pays du Golfe (pour affaires, disait-il) et occupait un poste à responsabilité dans une banque où il déposa, très vite et très judicieusement, pas mal d'argent sur un compte qu'il ouvrit à mon nom. J'en profiterais à ma majorité. J'étais son placement, en quelque sorte, et je savais déjà que je n'aurais plus droit à l'erreur. Pour ma part, il aurait pu être dans le chocolat ou l'horlogerie, cela n'aurait rien changé à l'engrenage où il venait de me placer, comme un précieux rouage. Ce matin-là, il se contenta de me donner un numéro de téléphone où je pourrais le joindre si nécessaire, mais il me fit bien comprendre que ce serait lui qui me contacterait désormais, que j'avais le temps, beaucoup de temps encore avant que ce moment n'arrive. Il a émis son curieux petit rire rauque, que j'allais apprendre à connaître : « Je te laisse encore un peu grandir, fiston ; de temps en temps je t'écrirai, toujours poste restante, tu me feras suivre tes lieux de vie, tu ne vas pas passer le reste de tes jours dans ce collège, je présume... Ton père a été bien imprudent de te laisser à la merci de ce salaud... »

Blessé à vif, j'ai réagi : « Il ne pouvait pas se douter...

— Et bien sûr, tu n'as rien osé dire...

— Je ne suis pas sûr qu'il m'aurait cru...

— Donc, tu as essayé, et tu n'as pas été entendu. Classique. Tires-en les conséquences désormais. Ne te fie qu'à toi-même, et à moi, parce que je ne trahis jamais ceux qui me sont fidèles. Donnant donnant. Si tu me fais confiance, tu ne le regretteras pas. Je te rendrai plus fort. Je te protégerai. J'ai du pouvoir. C'est très utile. Tu en auras aussi, si ça te plaît, mais je n'en suis pas sûr, et c'est bien comme ça. Tu mérites une autre vie Nathan, et tu l'auras ! Patience ! »

Un peu étourdi, j'ai voulu me lever, il m'a retenu d'un regard :

« Une chose encore Nathan. Ton univers va bientôt imploser une seconde fois. Garde ton sang-froid. Personne ne t'a vu pour Linkebeek. Personne ne sait. Il avait peut-être d'autres gitons, ça fait des suspects potentiels, mais toi tu ignores tout. Tu penses à tes études. Aux filles. Tu planes comme un aigle au-dessus de la mêlée. Si on retrouve l'Opinel – il a grimacé un sourire que j'ai trouvé vaguement menaçant – mes empreintes étaient-elles effacées ? – ce vieux cochon de Walter s'en expliquera. Comme il peut. Pas notre affaire. » Il avait dit « notre » et cela me soulagea.

Il m'a encore fixé, et j'ai essayé en vain de déchiffrer son expression. Menace ou affection ?

« Avant tout, Nathan, pense à ce qu'il t'a fait, lui, ce Linkebeek, ce gentil curé. Penses-y fort, tous les jours, n'efface pas ce truc de ta mémoire. C'est un feu qu'on t'a inoculé, pas une maladie. Sers-t'en et ne regrette rien surtout ; la vengeance est une belle chose... »

Il s'est levé et a ajouté ces paroles que j'ai jugées étranges, mais toute cette histoire n'était-elle pas folle ?

« À partir de ce moment, tu es un soldat, Nathan. Ne déserte pas ou il t'en coûtera. »

Il m'a brièvement posé la main sur l'épaule. Dans cette chapelle, j'ai pensé à une sorte d'adoubement, et ça m'a fait frissonner.

VIII

LOUISE DELAUNOY.

Charlotte a fait irruption dans ma vie comme un feu de cheminée. Je n'étais pas prête encore à faire le point sur ce qui venait de m'arriver. Le silence restait mon refuge. Avec les enfants, j'essayais de donner le change, de louvoyer entre leurs questions, car il y en avait bien sûr. Je prenais conscience de la difficulté qu'il y a de prendre en charge la douleur des autres, fût-ce celle des plus proches. J'en avais bien assez avec la mienne. La tentation de tout laisser tomber m'était venue plusieurs fois, quand l'incompréhension ou l'angoisse me submergeaient. Mais Tom et Lola avaient besoin de moi. Ils étaient encore si petits. Heureusement, il y avait Sébastien, mon double alternatif. Il parvenait à me faire rire en plein tunnel, s'occupait de l'intendance quand il le fallait, faisait le lien avec la police. Je le soupçonnais d'entretenir avec le beau commissaire des relations plus étroites que la maréchaussée ne l'eût voulu, cela servait mes intérêts. Delvaux avait fouillé le passé de Nathan et avait mis le curseur sur cette histoire de meurtre vieille de trente ans. J'étais tombée des nues. Jamais mon amant ne m'avait parlé de cet événement qui avait quand même dû marquer son adolescence – qu'il évoquait peu d'ailleurs. L'enfance pour lui semblait être une sorte de parenthèse floue dont il semblait à peine se souvenir. Cela aussi était un point commun entre nous. Néanmoins, un prêtre poignardé en plein collège, ça avait dû causer dans les chambrées ! Le concierge avait un temps été soupçonné, c'était – me semble-t-il – un ancien légionnaire qui se mettait au vert dans une maison religieuse. Depuis des siècles, abbayes et couvents avaient couvert de leur chasuble miséricordieuse les repentis – vrais ou faux – de tout poil. Mais les courtisanes flétries, c'est-à-dire le fretin habituel, avaient tendance de nos jours à faire place à d'obscurs Gilles de Rais – d'où l'internement du concierge dont le passé ou les relations devaient être suspects. Il aurait eu une histoire avec l'abbé, ou une altercation mal définie, bref l'affaire avait été visiblement étouffée, et le concierge faute de preuve, avait dû être acquitté après un procès dont le collège Saint-Xavier se serait bien passé. Beaucoup de parents, choqués, avaient d'ailleurs retiré leur progéniture de ce lieu mal sécurisé. Le père de Nathan avait été de ceux-là. Nathan avait continué son parcours scolaire dans un pensionnat suisse haut de gamme, aidé par une bourse d'étude que de généreux donateurs octroyaient aux enfants les plus doués. Généralement, les petits ainsi privilégiés glissaient naturellement vers la finance mais il semble que Nathan ait voulu exploiter ses dons artistiques dans l'architecture, d'abord en France, ensuite à Bruxelles. Ses histoires de femmes – le commissaire me l'avait appris également – avaient été aussi nombreuses que peu conséquentes. Aucune relation durable à part moi. J'aurais pu en être flattée ; à présent cela était plutôt un sujet d'alarme. Quelle obscure révolution s'était donc enclenchée dans la vie de Nathan ?

Tout cela, je n'avais aucune envie de le confier à Charlotte. Je suis d'un naturel discret, et remuer le fer dans la plaie, façon psy, ce n'est pas mon genre. Mais Charlotte dégoulinait de sollicitude, d'autant plus que son arrivée, maintes fois proclamée, avait été plusieurs fois retardée pour cause de répétitions et de contrats. Elle était comédienne indépendante et prétendait vivre de son art, ce qui était courageux. Jolie, elle avait même un agent qui lui décrochait parfois de petits jobs dans la publicité – le yaourt St Amour, c'est elle – et des troisièmes rôles dans des téléfilms. À trente ans, elle sentait déjà le temps lui glisser entre les doigts et au coin des yeux, et se rongeait secrètement dans l'attente d'un grand rôle.

Charlotte avait pourtant été l'héroïne de mon adolescence : tellement plus blonde, plus affirmée, plus séductrice que moi, et ses fameux seins – qui la précédaient comme la proue d'une frégate – émouvaient à l'époque tout un peuple de puceaux... Et puis la vie s'était chargée de lui courber la nuque, à coup de désillusions et d'amours foireuses. Les rôles et les mecs avaient de plus en plus tendance à lui échapper, malgré sa propension touchante à rebondir et à s'illusionner. Elle avait – il faut le dire – le don de se lancer dans des scénarios merdiques. Plus dure était la chute, et je recueillais souvent mon amie en pleurs, jurant ses grands dieux de ne plus se laisser ainsi meurtrir. Jusqu'à la prochaine escale.

Aujourd'hui, juste retour des choses, l'histoire s'inversait. Charlotte venait officiellement à mon secours. « Je te dois bien ça ! ». Elle m'offrait même une facette tout à fait insoupçonnée de sa personnalité multiple : le don de soi et l'écoute. Hélas, je n'avais plus rien à dire, j'avais l'impression que mon âme était asséchée et que je n'avais plus de mots.

Charlotte tout de suite a pris possession de la chambre d'amis, voisine de celle de Kate ; elle a bourré l'armoire du contenu impressionnant de sa valise – la trousse de maquillage pesait une tonne – et entrepris de me confectionner un cocktail brésilien revisité de son invention. « La pincée de cannelle, c'est ça l'astuce ! ». Un peu de Stan Getz en sourdine, les enfants lovés dans le canapé d'en face – ils adoraient Charlotte, sorte de marraine fantasque et putative – la soirée pouvait commencer. Elle a attaqué avec sa fougue habituelle : « Allez, crache le morceau. Il est où Nathan, tu en as bien une idée ? Il n'est pas du genre à mourir comme un con. Il doit y avoir une autre raison. Faut creuser ! ». D'un geste alarmé, je lui ai désigné les enfants, que j'essayais de préserver tant bien que mal. Au mot « mourir » Tom avait sursauté et Lola nous fixait de ses yeux intenses. Mais Charlotte a bondi sur ses pieds en riant : « Dites les nains, si je vous filais le dernier Animal Crossing sur votre console ? » Pour moi, elle parlait chinois – Charlotte adorait les jeux en ligne, le poker notamment, où elle jouait parfois gros – les enfants ont crié de joie ; elle a sorti de son sac une tablette qu'elle a activée en gloussant comme une gamine. Tom et Lola se sont précipités à ses côtés. J'ai éprouvé une vague jalousie. Jamais je ne parvenais à susciter un tel enthousiasme. Au bout de quelques minutes les jumeaux ont demandé la permission de jouer dans leur chambre et ont caracolé à l'étage, emmenant leur butin. Charlotte a triomphé : « Ils apprennent vite ! Maintenant, à nous deux. Raconte-moi tout depuis le début. »

De guerre lasse, je me suis exécutée. Charlotte fronçait le sourcil en se mordillant l'ongle du pouce. Elle sentait la tubéreuse et le patchouli et ça m'étourdissait un peu. Elle nous a resservi son mélange brésilien.

« Bon, je vais dire une connerie, tu vas me détester, mais tu es sûre qu'il n'y a pas une nana là-dessous ? »

J'ai haussé les épaules.

« Bah, je ne suis plus sûre de rien. Mais il m'a laissé du fric, tu sais...

— Moi, quand les mecs me larguent, ils m'en piqueraient plutôt mais bon, tu es trop classe pour que cela t'arrive... »

J'ai senti la pique légère et n'ai rien répliqué. Charlotte poursuivait, tout à son idée : « Les mecs, même les meilleurs, on n'est jamais sûr d'eux. Il faut toujours attendre le coup, crois-moi, et s'armer à l'avance...

— Tu n'as guère appliqué tes préceptes, on dirait... Le nombre de fois où tu n'as rien vu venir... »

Elle m'a toisée, interloquée : « Ouh la méchante ! Mais tu as raison, je suis toujours trop naïve, ou trop sûre de mes pauvres pouvoirs moribonds... » – je l'ai pincée ; on retrouvait notre complicité d'adolescentes.

« Tu exagères, je suis quand même certaine, hélas, qu'il y a autre chose qu'une simple histoire de cul... Quelque chose de plus grave ! » Et j'ai frissonné. Charlotte a souri amèrement : « Il n'y a rien de plus grave que les histoires de cul, crois-moi. Mais admettons. D'ailleurs Nathan est du genre fidèle, je le pense vraiment. Jamais je n'ai senti l'ombre d'un trouble entre nous, et ça, pour moi, c'est la meilleure des preuves, même si une amie ça reste sacré !! » Elle a levé deux doigts en croix.

Presque choquée, j'ai grommelé : « Tu es culottée !

— Avec Nathan, oui. Avec les autres gars, je suis du genre déculottée, tu vois, et c'est ce qui m'amène à dire qu'il doit avoir une bonne raison, ton homme, de mettre les voiles, et que cette raison, ce n'est sans doute pas toi.

— On est dans une impasse, c'est bien ce que je disais... » et sans transition, je me suis mise à pleurer.

« Excuse-moi, je suis lamentable. Je me sens secouée comme dans une lessiveuse et je ne comprends plus rien à rien ! »

Charlotte m'a serrée contre ses seins rebondis et odorants. J'ai eu l'impression d'avoir 5 ans.

« Laisse-toi aller, pour une fois ! »

Je l'ai repoussée pour me tamponner les yeux : « Écoute, je n'ai plus envie de ressasser cette histoire aujourd'hui. Parle-moi plutôt de tes projets, tu veux ? Ça me changera les idées »

D'habitude, Charlotte adorait parler d'elle. Cette fois-ci, elle a paru légèrement désorientée.

« Mes projets ? Tu es sûre que ça t'intéresse ? »

Cette humilité inhabituelle m'a attendrie. Sous ses airs volontiers bravaches, la jeune femme manquait de confiance en elle.

« Oui, j'ai besoin de changer d'air... Parle-moi de choses claires et joyeuses... »

Charlotte a égrené un joli rire :

« Manque de bol, je ne joue pas Claire mais Solange !

— Heu...

— Les bonnes de Genet, ignare ! J'ai décroché finalement le rôle, Ludo Harmon m'a choisie après auditions. Les répétitions commencent dans une semaine au théâtre Balzac. Je suis folle de joie ! J'aurai cette garce d'Annabelle comme partenaire, mais bon, on a signé la paix, et puis je vais l'écraser ! Tu verras !

— N'est-ce pas mieux de jouer l'échange plutôt que l'affrontement, ce n'est pas un match de catch une pièce, si ?

— Bof, si tu le dis... Elle fait Claire évidemment, moi Solange. Ludo nous fait confiance. Depuis le temps que j'attendais un vrai rôle ! Ras-le bol de faire les mulets dans des sous-séries télé où je passe comme un zombie...

— Je suis contente pour toi, vraiment ! Tu le mérites. »

Elle m'a regardé d'un air dubitatif :

« Ouais, on verra à l'autopsie – j'ai sursauté et elle s'est mordu les lèvres avant d'enchaîner – Je commence les répétitions lundi. J'ai réservé le Thalys pour vendredi matin.

— Je te conduirai à la gare.

— Pas trop tôt pour toi ?

— Non, je donne cours seulement l'après-midi, on aura tout le temps.

— Et tes petits surdoués, ils sont sages ?

— Oui, faut les suivre mais je n'ai pas à me plaindre. » Elle a ri :

« Ça c'est sûr ! Ça leur fait combien de QI à ces gamins ? 150 ?

— Dans ces eaux-là...

— Ouch ! Ils lisent James Joyce dans le texte ?

— Et le Financial Times... Et des BD aussi ! Ce sont quand même des enfants, n'oublie pas...

— Enfin ça t'évite des tournantes dans les arrière-préaux, c'est déjà ça ! J'imagine que les lycées de nos banlieues sont plus hard que ton petit pré carré de génies en herbe ?

— Oui, même si on ne sait jamais au fond. Il y a des génies du mal...

Mon air pensif l'a alarmée :

« Arrête de broyer du noir. Tu vas avoir une explication, je le sens...

— Toi et tes intuitions...

— D'accord, mais j'ai senti que cette année je décrocherais un vrai rôle, et tu vois !... » Elle m'a décoché un sourire triomphant. On revenait à elle et ça m'arrangeait.

« Je te sens en route pour les Molière !

— Rigole ! Pourquoi pas au fond ? » Elle s'est mise à chantonner, plutôt juste, le refrain d'Aznavour : » On ne m'a ja-mais ja-mais donné ma chan-an-ance... »

J'ai fouraillé au cœur du problème :

« Et ce Ludo, il est comment ? »

Les yeux de Charlotte se sont révulsés sous le rimmel. Une légère roseur a envahi ses joues. J'ai compris :

« Vous avez déjà baisé ? »

Elle a pris un air de vierge qui m'a fait sourire :

— Pas encore mais...

—Ça ne saurait tarder...

—Tu comprends, c'est compliqué, il est marié, et en plus il a une autre maîtresse jalouse, pas Annabelle je te rassure, elle est en main avec Mathieu, mais enfin, il y a un feeling entre nous, et puis... il m'a choisie au premier casting, c'est un signe... »

Avec Charlotte tout était signe. Elle avait dû être chaman dans une autre vie. J'ai affiché mon air de première de classe :

« Il est bon metteur en scène surtout, c'est ça qui compte. Cette pièce va te lancer, Charlotte ! Et puis le Balzac, ce n'est pas une petite salle d'arrière-cuisine. Tu joues dans la cour des grands à présent.

— Et si ça marche, il y a même une tournée de prévue, la Belgique, la Suisse, et toutes les villes de France et de Navarre bien sûr... Bref, j'ai du pain sur la planche ! Tu viendras me voir ?

— Quelle question ! Réserve-moi la première à Paris !

— Comme si c'était fait ! »

On a continué à bavasser comme des gamines. Ça m'a vidé la tête. Agréable. J'avais préparé un repas basique, rôti et gratin des familles, pour la changer de ses sempiternelles salades de régime. Un bourgogne chaleureux. Les enfants ont amené le crumble aux pommes du dessert et elle a hurlé qu'on voulait l'engraisser comme une oie, que c'était un complot, mais elle a dévoré. J'ai ri plusieurs fois. Kate, qui revenait d'un rendez-vous Erasmus, a passé une tête intriguée avant de nous laisser entre nous, traînant les jumeaux dans son sillage. École demain.

Après Charlotte s'est étirée comme un chat repu, m'a avoué qu'elle avait quand même bien couché avec Ludo, mais juste une fois, entre deux portes, ça ne comptait pas, elle avait hâte de reprendre les choses à zéro. Puis elle s'est lamentée sur le coût de la vie à Paris, elle manquait d'air dans son 25 mètres carrés, mais les loyers étaient si chers et elle ne pouvait pas habiter un quartier pourri, tout de même... Évidemment, si elle décrochait la timbale, avec la pièce, elle deviendrait « bankable » et tout pouvait changer, du jour au lendemain... Ludo connaissait le meilleur ami de... il y avait un créneau pour le ciné, c'est sûr. Depuis la mort de Pauline Laffont, il y a des lustres, on recherchait les blondes pulpeuses faussement ingénues et vraiment vachardes, tout elle quoi !

Bercée, j'écoutais Charlotte qui avait oublié Nathan et mes problèmes, et c'était tellement reposant...

***

Le lendemain, je suis retournée au travail, presque apaisée. Charlotte se prélassait dans la baignoire en jouant avec mes huiles essentielles.

Le lycée Montaigne, école très privée, se trouvait à vingt kilomètres de la ville. Comme notre maison, c'était une gentilhommière de l'ère industrielle qui avait dû, elle aussi, appartenir à un baron des mines au bon temps des charbonnages. La bâtisse de briques rouges faisait office d'internat pour une petite centaine d'élèves venus de toute la Francophonie. Les classes se situaient au rez-de-chaussée. Charles de Chevigny, le Directeur, était un Normalien français qui avait fui la guerre d'Algérie en épousant accessoirement une native de Wallonie. À deux, ils avaient ouvert cette école privée grâce à la fortune de Madame, qui n'était plus de ce monde. Les frais d'inscription s'accrochaient haut sur l'échelon social, mais il arrivait qu'un boursier de « petit milieu » fasse exception pour aller porter par la suite la bonne parole du capitalisme triomphant.

Le baron de Chevigny était à présent un vieillard distingué qui aimait émailler ses paroles de citations de

Proust, Voltaire ou Mme de Staël à des parents plutôt amateurs de Christophe Maé.

Les collègues s'en amusaient. Les pédagogues, ici, étaient priés de laisser au vestiaire théories fumeuses et autres socles de compétences pour se contenter d'être efficaces. Les enfants HP étaient des animaux farouches qu'il fallait amadouer et intéresser, tout en les poussant comme des chevaux de race, même si certains se défendaient d'être des bêtes de concours. Je les aimais bien ces petits. Pas plus de 10 par classe, c'était la règle. La pédagogie se devait d'être individuelle et adaptée – on nous payait plutôt bien pour cela. La preuve, beaucoup d'hommes faisaient partie de mes collègues, alors que l'espèce mâle professorale semblait ailleurs en voie d'extinction.

Parmi les enfants, il y avait des extravertis toujours à la recherche de projecteurs et de quasi-autistes à la bouche cousue. J'aimais les apprivoiser. Mes élèves avaient entre 10 et 13 ans et le potentiel intellectuel de bons bacheliers de 18. Affectivement, certains restaient des bébés, pas toujours bien élevés. Les parents souvent se montraient morgueux et déplaisants. Pas à la hauteur de leur progéniture. Ou au contraire perdus et dépassés. Avec ceux-là on pouvait s'entendre. Le plus dur était de décourager les autres, ceux qui se bousculaient au portillon pour faire admettre à l'Institut des agités du bocal qu'ils prenaient naïvement pour des génies mis sous le boisseau par des enseignants incompétents. On refoulait avec politesse les vrais crétins déguisés en fausses lumières. Monsieur le Directeur s'entourait pour ce faire d'une batterie de psychologues. Des experts en QI. On ne lui faisait pas prendre des vessies pour des lanternes. Les parents rentraient chez eux, la queue basse.

Ce matin-là, une lumière de jeune printemps baignait la salle des professeurs. Pour la première fois, j'ai vu des bourgeons qui se pressaient contre les fenêtres. Cela m'a fait du bien.

Mes collègues lisotaient, tapotaient sur leur portable, ou entretenaient des conversations alimentaires. Certains avaient des histoires entre eux, cela se savait et infusait un peu d'énergie dans nos rangs... La femme de Nathan restait l'Intouchable, une réputation méritée, dont j'assumais le confort. Qui aurait pu rivaliser avec le bel artiste ? Sa disparition ajoutait à son aura. On me considérait avec un mélange de respect et d'apitoiement. Il fallait désormais que je m'y habitue.

Monsieur de Chevigny humait, comme de coutume, son thé vert du Japon en observant ses troupes. Il m'a honorée d'un sourire voltairien. Sa discrétion était légendaire. Il m'avait juste gratifiée d'un : « On est avec vous mon petit. » lorsque j'avais dû m'absenter pour cause de dissolution d'époux. Mais j'avais l'impression qu'il me surveillait comme le lait sur le feu. Nos absences coûtaient cher à la Maison et si Monsieur le Baron, très grand siècle, semblait loin de ces vulgaires contingences, sa fille aînée, qui avait repris le flambeau, était plutôt tendance Louis-Philipparde que Marie-Antoinette.

Quoi qu'il en soit j'ai repris mes pédagogiques activités, presque comme si de rien n'était. Juan, Aurélien, Héloïse et les autres, sagement perchés sur leur siège ergonomique, m'attendaient avec confiance. Un bourdonnement joyeux émanait du fond de la classe, où se serraient les plus jeunes. J'ai lancé un Hello cordial. Ils devaient savoir mais se montraient discrets, eux aussi. Et puis à leur âge, le monde tournait autour de leur personne fragile et en attente. La vie des adultes les concernait peu.

Le rythme des heures et des travaux a occupé ma journée, la vidant de ses miasmes. Lorsque j'ai retrouvé ma maison, j'étais comme en apnée. Charlotte s'était chargée d'aller rechercher les jumeaux à leur école toute proche, et discourait joyeusement en anglais avec Kate. Elle avait passé l'après-midi en ville, s'était fait draguer par un chauffeur d'autobus (je lui avais interdit d'emprunter la voiture de Nathan, qui relevait toujours pour moi du sacré et qui gardait son parfum) et avait ramené d'une boutique bio de drôles de petits fruits aux joues livides qui s'avérèrent être des pommes. « Bon pour la santé, bon pour la planète ! » – Charlotte croyait fort aux slogans à la mode et les appliquait par bouffées. Intermittente du spectacle, elle l'était aussi de l'écologie. Ce qui ne l'empêchait pas d'avoir flâné dans le Carré – ainsi appelait-on le centre de la ville en référence à ses ruelles perpendiculaires – et d'avoir dévalisé des boutiques plus affriolantes. Elle pêcha d'ailleurs dans son grand fourre-tout en cuir un nuage de soie orangée qu'elle se drapa sur les seins. « Qu'en penses-tu ? C'est la couleur du printemps...

— Joli, ça plaira à Ludo, même si je me doute qu'il préfère ce qu'il y a dessous... »

Charlotte a souri. Elle aimait que je prononce ce nom. Toute sa personne pétillait. Elle voyait enfin se dérouler devant elle une perspective chargée de promesses. La vie pour elle bruissait d'orgues et de lys. Je l'ai enviée. En même temps j'avais l'impression que des paillettes de son bonheur tout neuf retombaient sur moi comme un pollen luminescent ; je trouvais cela bon.

Elle m'a forcée à essayer des parfums et des maquillages : « Tu es toujours tellement sobre ! » et aussi : « Ça plaira à Nathan quand il reviendra » – j'y croyais presque. Lola bourdonnait autour de nous, attirée par les baumes et les petits tubes aux couleurs fondantes qu'elle avait envie de sucer comme des bonbons. J'observais dans le miroir mes cils épaissis et ma bouche rougie avec ce qui ressemblait à du plaisir. Déjà deux mois que Nathan ne donnait plus signe de vie, étais-je un monstre de batifoler ainsi ? J'avais maigri – au coin de mes yeux étaient apparues des ridules inconnues que Charlotte s'acharnait à gommer avec ses produits miracles. Tom me regardait d'un air réprobateur. Il avait entre les sourcils le même pli sévère que Nathan quand il boudait ainsi. Il essaierait de prendre la relève de son père si je n'y prenais garde.

Le soir nous nous sommes tous installés sous un plaid, devant la télévision pour une fois allumée (j'avais perdu le goût des images depuis le drame) et Charlotte nous a présenté un plateau-repas exotique de sa composition, à base de fruits et de salades. Elle avait acheté en ville des sushis roses et blancs, entourés d'algues vernissées. C'était frais, joli et un peu insipide. Elle a réclamé de la bière « De chez nous, nom de Dieu ! » et les enfants se sont esclaffés.

Aux actualités, on a parlé de nouveau de l'assassinat de ce politicien français en vue, Lucien Morrier, centre-gauche, présidentiable à plus ou moins court terme et ex-ministre de l'Éducation. Ses obsèques avaient réuni tout le gratin politico-mondain de nos voisins. Le Président s'était fendu d'un discours aux accents tragiques – il tenait son affaire de Broglie – et la veuve portait des lunettes noires déployées comme des ailes de hulotte. Le meurtre n'avait toujours pas été élucidé. Charlotte a brandi son sushi : « À qui profite le crime ? À ce salaud de Président bien sûr ! Je suis sûre que ce sont les Services secrets ! Il était son rival, non ? Aux élections il aurait été rétamé !

« Tu lis trop de romans d'espionnage, Charlot. Et puis ça me semblerait téléphoné...

— Évidemment, il y a cette histoire de call-girl... Ça la fout mal pour la veuve. Elle a beau renifler en gros plan, elle doit plus le porter en son cœur, le défunt... »

Comme pour lui donner raison, le journal enchaîna, avec une certaine malignité, sur la suspecte : une fille de l'Est blondissime qui vacillait sur ses stiletto et jetait autour d'elle des regards de biche traquée. Des policiers l'entouraient. Elle n'était pas menottée et paraissait n'avoir guère plus de 20 ans. Un appât tout au plus. De manière irrationnelle, je sentais que cette piste ne donnerait rien. Mais je m'en moquais. Simplement cette histoire violente et médiatisée me renvoyait à mes angoisses, au départ de Nathan. Car c'était un départ, pas une disparition. Je commençais tout juste à le comprendre. Les investigations ne menaient à rien. La vie de Nathan était lisse, plane et par-là même mystérieuse. Son père était mort avant notre non mariage. Je ne l'avais pas connu. Sa mère avait succombé toute jeune à un accident de voiture. Nathan était à l'arrière, il avait 5 ans et son corps gardait encore les cicatrices dues à l'explosion du pare-brise. Les sièges enfants n'existaient pas à l'époque et une lame de verre lui avait déchiré la poitrine, sans transpercer le cœur heureusement. Sa mère avait eu moins de chance. Elle avait succombé à une hémorragie interne avant l'arrivée des secours. Nathan, choqué, avait perdu l'usage de la parole pendant un an. Il n'aimait pas évoquer cette période de sa vie. Il m'avait, à regret semblait-il, confié une photo de famille où sa mère riait sur fond de plage, un large bandeau retenant en arrière la masse de ses cheveux sombres et bouclés. Nathan lui ressemblait, c'était troublant et normal. Il me disait s'en souvenir très peu et c'est cela qui devait l'attrister. Ses impressions d'enfance s'éloignaient toujours un peu plus, comme une encre qu'on dilue.

Charlotte s'est rendu compte que ce fait divers me perturbait. Elle m'a serré la main sous le plaid. Je me suis levée, les effusions m'ont toujours importunée et après tout Nathan n'avait rien à voir là-dedans. Mais je ne sais pas pourquoi, l'affaire Morrier et tout son tapage m'expédiait de nouveau dans les cordes. La présence des policiers, l'air perdu de la veuve, les appels à témoins, tout cela générait un climat malsain de post-apocalypse – et j'étais toujours sous le joug de mon apocalypse personnelle, discrète et taraudante.

Les jumeaux somnolaient. Les actualités les emmerdaient. J'ai soulevé Lola et Tom a suivi, suçant son pouce dans un réflexe de bébé. Ils avaient déjà pris leur bain et enfilé leur pyjama à motif d'étoiles jaune et bleu. Dans leur chambre, j'ai allumé la veilleuse et lu un conte de Grimm. Hansel et Grettel, les deux enfants perdus. Lola à présent suçait son pouce, comme son frère. Ses longues boucles noires s'étalaient sur l'oreiller comme des serpenteaux. Charlotte lui avait peint les ongles en rose vif. Tom suivait des yeux les ombres du plafond. J'ai surpris une larme sur sa joue. Il n'a rien dit.

Quand j'ai rejoint Charlotte, elle avait l'oreille vissée à son téléphone portable et roucoulait en chuchotant. Sur l'écran, palpitaient des images de guerre au Moyen-Orient. La caméra effleurait avec tact des corps en charpie. Puis il y a eu des publicités et Charlotte s'est redressée : « Regarde ! C'est moi, là ! » On la reconnaissait en effet, déguisée en accorte laitière, les seins encadrés de vichy et engloutissant avec lubricité des cuillerées de crème blanche à l'onctuosité photogénique. La ritournelle des yaourts St-Amour, dopée en décibels, a envahi le salon. Charlotte a fait la moue : « Dire que je déteste le yaourt ! La prochaine fois, j'espère être choisie pour Justin Bridou, ça m'évitera d'avoir envie de gerber ! »

J'ai éteint le poste et j'ai dit : « Nathan voudra revoir ses enfants. Il ne peut pas les laisser tomber comme cela, c'est insensé ! »

Charlotte a rougi.

« Il reviendra, Louise.

— Peut-être

— Je pars demain, tu n'as pas oublié ?

— Je te conduirai à la gare

— Je peux prendre le taxi tu sais ?

— Il n'en n'est pas question. »

Elle s'est levée, incertaine.

« Louise, je ne sais pas quoi te dire, comment t'aider... Toute cette histoire est tellement...

— Je sais Charlotte. Il n'y a rien à dire justement. C'est une histoire de silence et d'absence, rien de plus. »

Elle a effleuré mes épaules, avec une sorte de timidité :

« Tu es toute raide... Je suis si triste Louise...

— Il ne faut pas ma douce... Je suis assez triste pour deux. »

J'ai souri pour la rassurer et me suis laissé étreindre et submerger par son parfum.

« On s'en sortira. On s'en sort toujours, non ? »

Elle a hoché la tête, incapable de parler. J'ai détaché doucement ses mains de mes épaules et suis montée me coucher.

IX

NATHAN KELLER

Nathan pensa qu'il était temps de quitter Lausanne.

Comme après chaque contrat, il avait pris son billet de première pour la Suisse, avait regardé défiler la Champagne à travers les vitres du compartiment et bu deux bières et trois cafés dans le wagon-restaurant. À la gare de Lausanne, il avait pris le métro pour le quartier de Flon, longé les cubes de verre des immeubles neufs et retrouvé son studio. Il avait dormi 12 heures d'affilée. À la suite de quoi il s'était réveillé affamé et avait dévoré un steak presque cru à la brasserie du rez-de-chaussée. Il était ensuite allé à la banque. L'argent était sur son compte. Pour la première fois il avait pensé « le prix du sang » mais cela ne l'avait pas amusé.

En longeant une vitrine qui exposait des souliers de femmes et des sacs de luxe, il pensa très fort à Louise qui aimait parfois se jucher sur des talons de douze centimètres. Cela lui faisait des jambes interminables. Rentré dans son studio, spartiate et nu, il caressa en pensée les jambes de Louise, les ouvrit et fit glisser sa langue le long de ses cuisses qui étaient tièdes et veloutées comme du daim. Un désir sans remède le prit à la gorge. Il serra les poings. Des éclairs rougeâtres naquirent sous ses paupières. Sa vie lui apparut comme une absurdité. Son cerveau et son sexe appelaient Louise. Il en aurait crié. Il n'avait rien emporté d'elle, pas même une bague ou un parfum. Ni ce petit mouchoir où elle avait saigné du nez, une fois, après une dispute, et qu'il avait conservé longtemps dans sa poche avant de le balancer dans la Meuse, avec l'écume de ses souvenirs.

Allongé sur son lit, les yeux fixés au plafond, il songea à la mort, non plus à celle des autres, qui lui indifférait, mais à la sienne, riche de sens, opiacée et tentante comme une drogue. Le Visiteur avait prélevé sa dîme et Nathan contemplait avec une sorte de stupéfaction son désastre intime. C'était la première fois, et il s'étonna lui-même d'avoir tant tardé à souffrir. Louise habitait cette souffrance. Le Visiteur avait eu raison de ne pas craindre de sa part un geste de révolte ; il n'y avait pas de retour en arrière possible. L'âge l'entraînait dans la défiance mais cela n'avait plus aucune importance. Les jeux étaient faits. Cela faisait presque trente ans que son destin était scellé.

Sur la table de chevet, son nouveau portable à carte vibra et il ne put s'empêcher de tressaillir. Ce n'était pas Louise. Cela ne pouvait être elle. Le Visiteur lui lançait son code habituel. Signal de repli. Un mot, toujours le même : « Pax ». Sauf que cette fois c'était différent. Dix ans de vie se disloquaient. Sans possibilité de rattrapage. Le Visiteur lui faisait confiance. Parce qu'il considérait que Nathan n'avait plus le choix depuis longtemps.

Quel souvenir Louise garderait-elle de son époux éphémère ? Regarderait-elle souvent ce petit tableau qu'il lui avait laissé, lui ferait-il songer à leurs nuits, à leurs jeux ? Bon Dieu, comme il aimait lui caresser les cheveux, les déployer comme un écheveau de soie, s'enfouir dans leur odeur... Il se leva d'un bond. Son cœur battait lourdement.

Il ferait mieux de téléphoner à une fille. Il savait qu'il trouverait le nouveau numéro de l'Agence dans le tiroir du bureau. Il y avait du Roederer dans le frigo, au moins deux bouteilles, et de quoi faire des toasts. De Styx aimait soigner ses sorties. Cet homme pouvait être un père pour lui, n'est-ce pas ? Mais qui serait le prochain père de ses enfants, à lui, Nathan ? Car il serait remplacé, c'est sûr... Il n'avait pas la présomption d'imaginer Louise en veuve inconsolée. Tout se remplaçait, et surtout les humains.

Il composa le numéro de l'Agence, donna ses exigences. Une heure après, la fille sonnait au parlophone du studio. Des jambes kilométriques, des petits seins non refaits, une crinière presque blonde, pas tout à fait. Elle portait le parfum d'iris, comme demandé. Cela lui chavira le cœur. De près, ses yeux étaient noisette et non pers, mais cela ferait l'affaire. Elle ne put retenir un sourire en voyant Nathan. Trop beau pour un client. Tout de suite après, son expression se durcit. Elle devait s'attendre à des ordres, des humiliations. Elle était payée pour ça après tout. Il avait juste envie de lui caresser les cheveux, de sentir leur parfum. Cela lui énerva les sens et il dut lui faire l'amour, plus vite que prévu, en fermant les yeux pour mieux respirer la senteur familière. Elle parut surprise. Son sourire revint. Il lui demanda de se rhabiller. Elle fit une petite moue en se repiautant de soie et d'étoffes de marque. Elle but le champagne avec reconnaissance. Elle se serait bien attardée. Mais son geste pour glisser la liasse de billets dans son sac et reclaquer le fermoir d'un coup sec était professionnel.

Avant de partir elle lui dit, avec un élan soudain : « Mon vrai prénom, c'est Heidi. Ça ne vous fait pas rire ? »

Il se contenta de sourire :

« Je gambaderai avec toi dans les edelweiss une autre fois, Heidi, fille des montagnes... »

Elle hocha la tête, son parfum fit des vagues, tièdes et poudrées.

« Volontiers. Pour l'Agence, n'oubliez pas, je suis Eva. Appelez-moi. » Puis : « J'aime bien ce parfum. Je pense que je vais l'adopter.

— Au revoir Heidi. »

Seul, et nu, Nathan ferma les yeux. Il respirait toujours la fragrance d'iris, qui s'attardait. Il n'avait plus connu une autre femme depuis 10 ans. C'était comme se reglisser dans sa vie d'avant. Il ne savait plus si c'était une mort ou une renaissance. Les deux sans doute. Heidi avait laissé sur son corps une empreinte qui n'était pas celle de Louise et pourtant lui ressemblait étrangement. Il l'avait voulue silencieuse et elle avait obéi. Juste un petit halètement à la fin, comme si elle avait su. Il remonta le drap autour de ses épaules. Il ne s'était jamais senti aussi mal. En même temps, il avait fait ce qu'il devait.

Il but le reste de la bouteille au goulot. Éteignit les lampes. Le bruit du trafic lui parvenait, assourdi par les doubles vitrages. L'air était devenu bleu marine. Il s'endormit. Il rêva. Dans son rêve, toujours le même, l'homme s'approchait de lui avec son odeur aigre. Ses mains, très froides, enserraient son front sans défense, fouillaient ses cheveux. Il respirait très fort, en gémissant un peu. Une tache de graisse fonçait le revers de son veston, là où luisait la petite croix d'argent. Il lui bloquait la taille entre ses cuisses qui tremblaient. Nathan l'entendait lui dire des mots mais il n'en percevait pas le sens. Il était petit et l'homme lui semblait très grand. Il se penchait et son visage obstruait l'espace. L'odeur devenait insupportable. Les mains humides descendaient plus bas, le crochetaient. Il se débattait, mais pas beaucoup, une sidération inconnue le laissait sans force, presque évanoui. Comme toujours, son cri ne franchissait pas ses lèvres, qu'une langue étrangère forçait, maladroitement. Une mauvaise salive emplissait sa bouche. Il secouait la tête. Il entendait des bruits sourds, des grognements, des froissements métalliques de ceinture qu'on déboucle. Quelque chose de hideux s'enfonçait dans sa gorge, comme un bâillon puant. Il voulait disparaître, s'anéantir dans un néant miséricordieux mais cela ne finissait pas. Comme d'habitude, Nathan se réveilla en sursaut et courut dans la salle de bain pour cracher dans le lavabo. Il était en sueur et la haine battait dans ses artères, remplaçant la terreur sans nom qui l'avait dressé sur son séant. Il but un verre d'eau fraîche. Il secoua la tête, mécontent. Il en avait assez de ce rêve. Il croyait même l'avoir évacué, depuis le temps. Basta. Finito. On passe à autre chose. Mais à quoi, bon sang ? Pour la première fois, il se sentait vacant. Un récipient vide. Il avait pris le risque de fonder un foyer, une famille. Le Visiteur l'avait prévenu. Ce n'était pas compatible. La haine était un diamant pur et solitaire. Elle se méritait. Le prix à payer était exorbitant mais à qui la faute ?

Nathan attendit l'aube, allongé sur le divan, en grillant ses premières cigarettes depuis 10 ans. Cela lui fit du bien. Quand sa fenêtre s'éclaira enfin, une averse de printemps cingla les vitres. Il alla sur le balcon, contempla les voitures qui se reflétaient sur l'asphalte. La pluie lavait ses épaules nues. Coincés entre les arêtes des toits, des nuages bleutés venus du lac s'effilochaient. Il renversa la tête pour boire l'eau froide de la pluie. Quand les volets de la brasserie se soulevèrent avec un grincement de pont-levis, il rentra. Son bagage était prêt ; il se contenta d'une douche rapide et d'un bol de café noir. Puis il regarda sa montre. Il pouvait téléphoner : les bureaux 'Des Ajoncs' devaient être ouverts. Il alluma une cigarette pendant qu'une musique d'attente immonde montait de l'écouteur. Il ne reconnut pas la voix au bout du fil. Toutes les années, l'agence changeait d'intérimaire. Il donna son nom d'emprunt. Ce nom était connu depuis longtemps. On lui annonça avec empressement que la maison serait sans doute louée au début du mois prochain. Il avertit qu'il l'occuperait en personne jusqu'à nouvel ordre et que tout soit en ordre pour son arrivée. Cela ne posait évidemment pas de problème mais heureusement qu'il avait prévenu à temps, la maison plaisait et on se l'arrachait. Il coupa court en donnant la date probable de sa venue, l'anticipant même par prudence. Madame Le Garec ferait le ménage comme à l'accoutumée.

Il reposa le combiné. Il ne savait pas comment serait sa nouvelle vie. Il la voulait silencieuse et pâle comme un oubli.

Il lui restait une dernière chose à faire.

***

À pied, il passa devant la banque Zeimann et Cie. Il se demanda si le Visiteur avait déjà quitté les bureaux. Puis il vit la BMW blanche, garée, comme à l'accoutumée, deux rues plus loin. Il était donc attendu. De Styx était au volant. Il laissa Nathan jeter son bagage sur le siège arrière et démarra aussitôt. Nathan savait qu'il se rendait à leur auberge habituelle, près du lac. Le Visiteur l'informa que les patrons avaient changé mais que la nouvelle direction assurait bien. La friture du lac était excellente, entre autres, Nathan avait-il faim ? Il tint ainsi les rênes de la conversation pendant les vingt minutes que dura le trajet. Nathan se taisait. Le lac apparut, bleu comme la mer. C'était une belle journée. Il faisait presque tiède. La salle de restaurant était plus vaste que dans son souvenir ; les boiseries à l'ancienne avaient été remplacées par des murs laqués gris-noir et le nappage était d'une blancheur presque hostile.

Ils s'installèrent près de la baie. Il était encore tôt. Nathan contemplait les reflets du soleil jouer sur les courtes vaguelettes du Léman et songeait à son fleuve, modeste et gris. La senteur de l'eau était la même. Un bateau de croisière coupa l'horizon. L'illusion se dissipa. De Styx commandait les apéritifs et les fritures. Comme d'habitude, il ne demandait pas l'avis de Nathan. Un père autoritaire. Dans son complet italien de bonne coupe, il paraissait plus jeune que dans la maison lorraine. Ses yeux rayonnaient d'assurance. Il portait haut la tête, à présent entièrement blanchie. Ça lui allait bien.

Nathan attendit qu'ils aient attaqué la friture pour demander : « Combien de temps cela va-t-il durer ? »

L'autre rompit un morceau de pain avant de répondre, avec calme : « Je ne sais pas. Rien d'autre de prévu pour l'instant. L'affaire Morrier a fait des vagues. » Il eut un petit rire un peu méprisant : « Plus que ta disparition, mon pauvre Nathan ! Pourtant, j'ai eu peur, avec cette histoire de Biennale. Un homme dans ta situation n'a pas ce genre d'ambition : des expos, et quoi encore ? Tu as failli foutre la merde ! » – il redevenait brutal, mais Nathan avait appris à connaître ses ruptures de ton. Ça ne l'impressionnait plus. Il affronta le regard de l'autre avec calme : « Et cette fois-ci, pourquoi ? »

De Styx avala une gorgée de vin blanc. Un pli apparut entre ses sourcils : « Que veux-tu dire ?

— Vous le savez très bien.

— Morrier ? Ça t'intéresse vraiment ?

— Comme pour les autres. Je n'aime pas avoir l'impression d'être un simple exécutant, et pour me réactiver au bout de 10 ans, vous deviez avoir une bonne raison. Une raison que j'approuverai bien sûr, j'ai toujours été d'accord, mais que j'aimerais connaître, comme pour les autres fois. Une raison incontestable.

—Hum, Nathan. Cette fois-ci j'ai bien peur de ne pouvoir te satisfaire ! Tu dois me faire confiance. »

Nathan sursauta :

« Vous faire confiance ?

— Baisse le ton, veux-tu. On n'est pas seuls – quelques clients en effet venaient de s'attabler ; un couple entre deux âges et ce qui semblait être des hommes d'affaires ou des collaborateurs en colloque – oui, me faire confiance, comme tu l'as toujours fait. Je ne peux pas en dire autant à ton sujet !

— C'est-à-dire ?

— Ne prends pas cet air hautain avec moi Nathan, ça ne prend pas. Ai-je besoin de te rappeler que ni ta femme ni tes enfants, encore moins ta carrière de peintre, n'étaient prévus au programme. Et pourtant je n'ai pas sévi. Alors que tu m'as posé un sacré casse-tête. Je ne suis pas un monstre, cela aussi tu t'en doutes, depuis le temps. On a quand même accompli de belles choses ensemble, non ?

— On a tué. »

Nathan avait parlé très bas, sans ciller.

De Styx approuva.

« Tu as tué, oui, et tu t'y es même mis à l'âge de 15 ans, ne l'oublie pas. En tout cas, moi je ne l'oublie pas. » – il eut un froid sourire avant de reprendre :

— Tu joues depuis longtemps dans la cour des grands maintenant. C'est pourquoi j'ai pris le risque de te sortir de ton farniente conjugal. Ce genre de vie n'est pas pour toi Nathan ! Petite ville, petit pays, petite femme...

— Taisez-vous ! Bordel, taisez-vous donc !

— Ttt, mon enfant, ne nous emballons pas. Un peu de vin ? Il est excellent ce Pouilly, tu ne trouves pas ?

— Arrêtez votre cirque ! Pourquoi ne pas m'avoir fichu la paix ? J'ai fait mon temps. J'ai payé ma dette. J'ai acheté votre silence.

— On ne m'achète pas Nathan. Et surtout pas toi. C'est moi qui achète. Ou qui prête, le cas échéant. Et qui décide toujours quand un contrat prend fin, ou pas. J'aime bien travailler avec toi. Parce que tu sais. Que le meurtre se mérite. Tu n'es pas payé – et bien payé – pour commettre des actes gratuits ou aveugles, tu es au courant, non, depuis le temps ?

— Justement, cette fois vous ne m'avez pas mis au courant. Et au bout de 10 ans, vous foutez ma vie en l'air. Alors j'exige de connaître les raisons.

— Pourquoi m'as-tu obéi ? »

Nathan tiqua :

« On en a déjà parlé. Je ne suis plus seul. D'accord, j'ai joué avec le feu, mais j'espérais que c'était une manière...

— De mettre fin à notre petite affaire ? Que tu me connais mal, Nathan ! Tu as toujours 15 ans quelque part. Il y a en toi une part de sentimentalité étonnante. C'est ton point faible. Ton point de rupture. Il faut apprendre à grandir. Lâche du lest ! N'entraîne pas ta petite famille dans ces abysses, elle s'en sortira mieux sans toi, ai-je besoin de le préciser ? Ton pari était risqué, tu as perdu. Tire un trait et rebondis. Tu en es capable. Et peut-être qu'un jour, plus tôt que tu ne le penses, tu n'entendras plus jamais parler de moi.

— Et vous me préviendrez ? »

De Styx le regarda droit dans les yeux. Mais son regard sans fond n'accrochait rien.

« Je te le promets Nathan.

— Alors, pour que je vous croie, dites-moi : pourquoi Morrier ? »

Le Visiteur se renversa sur sa chaise, l'air amusé. Il prit le temps de commander deux cafés et deux kirsch.

« Tu es obstiné mon petit.

— Vous m'avez toujours dit pourquoi, jusqu'à présent. Et c'était toujours vrai. Vérifiable. » – à son tour Nathan sourit, presque charmeur.

« Comme pour 'elle', vous vous souvenez ? Natacha. Votre Natacha. Pourtant c'était une femme et je n'ai pas failli. »

Il fallait bien connaître le Visiteur pour déceler cette onde soudaine dans son regard, comme un cercle concentrique apparu sur l'eau du lac. Et cette fois, c'était Nathan qui avait jeté la pierre. Il continua, d'une voix très douce :

« Vous n'avez jamais voulu savoir si 'elle' avait souffert, si 'elle' avait compris... juste avant le coup ... »

De Styx haussa les épaules. Ses mâchoires s'étaient crispées. Il avala une gorgée de kirsch.

« Je te fais confiance. Tu n'es pas un boucher. Et puis, je ne tiens pas à savoir, puisque tu veux la vérité. Voilà, on est quitte.

— Pas tout à fait... Pour Elle, je sais. Pour cette crapule d'Ulrich aussi. On a fait le boulot du Mossad : ils devraient vous remettre une médaille. Et j'ai pensé à mes aïeux, là-bas, dans les camps. Mais vous ? C'est rare, un Suisse qui lave plus blanc, non ? Vous avez dû en retirer un bénéfice secondaire, j'imagine...

— Qui te dit que je suis Suisse ? J'ai ...

— Mille identités, je connais la rengaine... J'ai depuis longtemps cessé de trouver ça romanesque. Et pour tout dire, vos trafics, je m'en fous totalement. Par contre, votre justice à géométrie variable m'intrigue...Vous avez fait de moi une sorte d'enfant soldat – vos fameux voyages en Ouganda ont dû vous donner des idées – mais ça n'a jamais chatouillé votre morale... Je n'ai jamais eu à faire le vengeur en Afrique, par exemple... »

De Styx secoua la tête, il essayait de reprendre l'avantage même s'il était étonné, Nathan le sentait :

« Tu n'aurais pas supporté le climat. Enfant soldat, comme tu y vas !... Tu es plus au courant que je ne le croyais de mes – disons – villégiatures passées...

— Je suis comme vous, même si je ne suis pas banquier : mes clients m'intéressent...

— Nathan, ne nous égarons pas. Il y a des choses qu'il vaut mieux ignorer, même toi. Et pour ta gouverne, je ne suis pas un 'client', je suis ton unique commanditaire. Il y a une nuance. »

Nathan ne répondit pas tout de suite. Il prit le temps d'asséner son coup :

« Je lui ai dit, à Natacha, que j'étais votre instrument. Que sa mort, elle vous la devait. Que c'était de votre part. Elle ne pensait pas que vous iriez jusque-là. Mais c'était votre vengeance après tout, pas la mienne. Elle a eu du cran. Pas du genre à supplier. De toute façon, ça n'aurait servi à rien, elle le savait. »

De Styx soupira. Un long moment il se tut. Une mouette passa en criant contre la baie puis plongea vers le lac. Une femme, au fond de la salle, éclata de rire. Nathan à son tour avait baissé les yeux.

Il revoyait la maison blanche au bord du lac. L'eau miroitait, comme aujourd'hui. Deux fauteuils d'osier se faisaient face, sur la pelouse. On devinait les montagnes au loin. Il y avait un massif de géraniums très rouges, qui brillaient sous le soleil. Il s'était dirigé vers la serre. Elle était là, comme de Styx le lui avait dit. Elle adorait cet endroit. L'air était chaud, épais comme un sirop. Un instant, il s'était autorisé à l'observer. Elle était de profil, un sécateur à la main. Plutôt grande. Des cheveux d'un roux sombre noués sur la nuque. Sa robe de toile, presque transparente, montrait des épaules nacrées et, détail troublant, l'aréole plus sombre de ses seins. Sous la semelle de Nathan, une branche avait craqué. Elle s'était vivement retournée. Ses sourcils s'étaient levés, dans une expression plus hautaine qu'effrayée. Nathan avait pensé très fort à Linkebeek, à Boris, à sa haine intacte et préservée. Elle n'avait rien à voir avec tout cela. Il était encore temps de fuir. De lui laisser la vie. Une goutte de sueur avait roulé entre ses yeux. La jeune femme avait balancé le sécateur au bout de ses doigts. Elle avait tapé du pied, comme pour chasser un insecte. Les pointes de ses seins, légèrement balancés, s'étaient tendues. Il n'avait rien dit. Rien expliqué. Il avait tiré. Elle était restée debout une fraction de seconde, sans vaciller, son visage pâlissant d'un coup. Une étoile noire était apparue au milieu de son front. Puis elle était tombée comme une masse, entraînant des vasques de géraniums dans sa chute. Il s'était enfui. Il n'y avait personne d'autre dans la maison. On croirait à un crime de rôdeur qui n'avait pas eu le temps d'emporter de butin, sauf le petit sac à main, qu'il avait raflé à l'entrée, et qui contenait quelques liasses de billets neufs, un poudrier précieux et un briquet en or. Il avait jeté le tout dans le lac, comme prévu. Il n'y avait pas eu de vagues.

De Styx se décida enfin à répliquer :
« Ça m'est égal tu sais. Et même, je suis content. Elle était nuisible comme un animal. Tu sais de quelle monstruosité elle était capable. Je te l'avais expliqué. Tu étais jeune à l'époque, mais tu pouvais comprendre ce genre de chose.
— Je comprends surtout que vous n'aviez pas supporté d'être cocu. Je croyais être l'exécutant d'une tragédie grecque, j'officiais dans le vaudeville. Mais peu importe, j'ai tué votre Milady parce que c'était le deal...
— Et que nous avions vengé ta mère, ne l'oublie surtout pas. Chaque vie ôtée était redevable d'une autre. L'abbé avait pris la tienne, Boris celle de ta mère, Ulrich, n'en parlons pas, ça se compte par centaines ; les deux autres, tu sais ce qu'ils ont fait, qui ils étaient – il cracha presque les derniers mots – ils ne valaient même pas le plomb qui les a abattus... »
Nathan haussa les épaules. Il avait envie de fumer et De Styx le suivit volontiers sur la terrasse. Un petit vent frais s'était levé. Nathan alluma une cigarette sans en proposer à son compagnon. Ils observèrent un instant le ballet des mouettes sur le lac. L'air était transparent et

bleuté. Nathan eut presque envie d'abandonner la lutte. Mais il se força à ricaner :

« J'admire votre grand numéro de justicier. Je ne sais toujours pas pour qui vous travaillez, mais vous ne valez pas mieux que ceux que vous abattez – par mon intermédiaire, je le reconnais. Vous êtes seulement plus cynique. Et plus prudent... Je finis par penser que vous m'avez abusé vous aussi, d'une autre manière. Je n'ai à m'en prendre qu'à moi-même. J'ai été le gosse le plus con, et le plus malchanceux, de la terre !

— Pas d'auto-apitoiement, ça ne te ressemble guère. Et puis on s'en fout, c'est le résultat qui compte. À nous deux, on a nettoyé le globe de quelques salauds, une goutte d'eau dans la mer, d'accord, mais où est le mal ? Une guerre, un déraillement, un tsunami, et voilà des milliers de braves gens à l'âme pure, prêts à aider leur prochain, bourrés de nobles pensées, qui se volatilisent dans l'indifférence générale. Oh, bien sûr, on en parle un peu dans les salons, entre la poire et le fromage. La vérité c'est que tout le monde s'en bat l'œil et retourne vaquer à ses petites occupations – quoi de plus humain après tout ? Nous leur servons de mémoire, en quelque sorte !

— C'est nous faire beaucoup d'honneur, et je m'associe à vous, croyez-le bien. Je n'ai plus rien à vous envier. Nous formons un couple très estimable ! » – Nathan eut un petit rire sans joie, auquel répondit le jappement éraillé du Visiteur.

« À la bonne heure, Nathan, tu redeviens raisonnable. Il ne faut pas croire que je suis absolument dénué de scrupules, même si, je le reconnais, l'occasion a fait le larron. Mais comment aurais-je pu deviner ce que tu te préparais à faire à Saint-Xavier ? Tout a été question de hasard, ou de destin, appelle ça comme tu veux. Et puis, reconnais-le, pour Boris, c'est moi qui me suis mouillé. Où était mon intérêt ?

— Faire de moi votre serf. Vous saviez bien que, à partir de ce moment, j'étais lié à vous encore plus indissolublement. Linkebeek, j'aurais pu l'assumer tout seul. Et même payer par la suite. Mais pour Boris, là, j'avoue, j'ai été bluffé. »

La main du Visiteur s'abattit sur l'épaule de Nathan.

« Eh bien ! Voilà presque une déclaration d'amour mon petit ! Tu vois qu'on finit toujours par se comprendre. Tu sais que j'ai de l'affection pour toi ? »

Nathan cracha en l'air une bouffée de fumée. Il se sentait soudain de bonne humeur. C'était inespéré.

« Bigre ! Je dois me méfier alors ! Natacha aussi vous aviez de l'affection pour elle, et même un peu plus si je ne m'abuse ? »

De Styx s'immobilisa. Et fit face à Nathan. La brise du large s'était levée. Il faisait presque froid, soudain.

« Natacha, je l'aimais, petit salaud. Comment peux-tu en douter. On ne tue bien que ce que l'on aime, parfois...

— En l'occurrence, c'est moi qui ai tué... Vous n'aimez pas vous salir les mains. »

Les yeux du Visiteur se firent acérés. Ses rides se durcirent autour de sa bouche, qui n'était plus qu'un trait mince. Il redressa la tête et Nathan, plus grand de taille, se sentit dominé, comme à chaque fois.

« Mais c'est pour ça que je paie, Nathan. Pour que le monde se salisse les mains à ma place. Je n'aime pas les boulots crades, il y en a qui font ça très bien, n'est-ce-pas ? »

Nathan sentit dans sa poitrine comme une sorte d'effondrement intérieur. C'était venu sans prévenir. Une grande lassitude l'envahit. L'espèce de gaîté qui l'avait inondé reflua comme un ressac, le laissant vide, et dévasté. À sa propre surprise, il baissa la tête et chuchota :

« Alors je vous le dis : faites ce que vous voulez mais pour moi ce sera le dernier. Je suis fatigué. »

Avec rage, il jeta sa cigarette sur le gravier de la terrasse. Il répéta :

« Le dernier, vous entendez... Plus jamais à partir de ce moment... Plus jamais je ne tuerai pour vous. Si vous m'obligez, ce sera moi votre dernier cadavre, et vous le savez. Je n'ai plus rien à perdre ni à gagner, laissez-moi disparaître pour de bon.

— Du calme, Nathan ! J'ai l'impression de rejouer le même film qu'il y a combien... trente ans ? Que le temps passe vite... Et tu réagis toujours comme un adolescent, si on te lâche la bride. C'était juste mon petit souci avec toi... Tu n'es pas une brute. Au contraire. Tu es un être sensible, parfois imprévisible. J'ai frôlé souvent le danger en t'employant. Mais le jeu en valait la chandelle. Viens, rentrons. ». Sur le seuil, il s'arrêta. Fit face de nouveau. Son expression avait changé. Il paraissait vulnérable, pour la première fois. Toute ironie avait disparu de son visage. Il prit une inspiration brusque.

« Je te promets. Il n'y aura pas d'autre fois. Je vais te faire un aveu fiston – il plongea ses prunelles pâles dans celles de Nathan, la tête un peu renversée en arrière, pour mieux le convaincre – Je suis fatigué moi aussi. Très fatigué de tout ça. On arrête là. Si c'est vraiment ce que tu veux. Pour Morrier, il n'y avait pas d'autre choix, sinon je t'aurais laissé tranquille. Tu me crois ? »

Nathan acquiesça. Il avait l'impression d'être exsangue et il se surprit à regarder ses mains, étonné de les trouver aussi vivantes et colorées.

Le Visiteur regagnait d'un pas lent le restaurant. Il eut un petit sourire las.

« Comme d'habitude, c'est moi qui règle l'addition. »

X

LOUISE DELAUNOY

Louise file le long de l'eau sur sa grande bicyclette noire hollandaise, que Nathan moquait. Les enfants lui ouvrent le chemin. C'est le début des vacances de Pâques mais il est tôt, il n'y a pas beaucoup de monde. Heureusement car l'équilibre de Lola, sur son petit vélo rose de Barbie, est encore incertain. Tom pédale à toute vitesse. Il veut montrer sa supériorité. De temps en temps, il se retourne et met pied à terre pour attendre sa sœur. Ses cheveux hérissés sont foncés par la sueur. Il sourit, enfin.

Louise respire l'odeur de l'Ourthe. La rivière palpite entre les feuilles naissantes des aulnes. Un héron cendré médite, une patte levée, sur une pierre plate posée au milieu de l'eau qui se divise à cet endroit en deux écheveaux bouillonnants. Louise freine pour ne pas dépasser les enfants. Elle observe leurs petites silhouettes dansantes qui se fraient un passage sous la voûte des arbres dont le feuillage ocelle l'asphalte de paillettes or et jade. L'ancien chemin de halage a été récemment rénové pour permettre aux vélos de glisser parallèlement à la route et aux rails, le long de la rivière. On pourrait démarrer ainsi de la maison mais les petits ne sont pas encore assez entraînés et Louise a préféré mettre les vélos dans le break. C'est une promenade simple, qu'elle faisait souvent avec Nathan, une fois le beau temps revenu. Elle s'empêche de penser à cela, bloque son cerveau à tout ce qui n'est pas pure sensation : tiédeur nouvelle de l'air, ondoiement des fougères et des herbes aquatiques qui trempent dans les flaques vertes, en contrebas, sequins de lumière sur l'asphalte. Au bout du chemin, il y a un raidillon, on traverse un pont de fer rouillé et provisoire (les travaux tardent) qui enjambe l'Ourthe, et on accède à une placette cernée de terrasses où fleurissent les premiers parasols. La façade d'une église sans style, très siècle dernier, ménage un peu d'ombre. Les enfants mettent pied à terre et réclament une glace. C'est le but de la balade. Louise s'installe. Elle sirote une orangeade, s'offre le luxe de ne penser à rien. Elle étend devant elle ses jambes longues, que le soleil bronzera vite. C'est une blonde à peau ambrée, une rareté que Nathan appréciait. D'autres aussi, apparemment, qui se retournent pour observer la jeune femme, indifférente. Lorsque son portable sonne dans la poche de son short, elle se détourne, l'air agacé, mais répond aux ordres de l'appareil. C'est Philippe Loiret. Il arrive par le Thalys ce soir. Il veut parler de l'exposition.

***

Philippe m'agace, d'habitude. Mais cette fois, je vais l'attendre à la gare avec une sorte d'exaltation et mon cœur bat plus vite. Parce qu'il est proche de Nathan, qu'il va me parler de lui, que cela n'aura rien à voir avec des enquêtes de police... Au début, la pensée de m'occuper des travaux en cours de Nathan me glaçait, maintenant, c'est comme un sortilège, j'ai l'impression de le prolonger. Depuis la disparition de mon amant, mes pensées ondoient ainsi, comme des serpents d'eau, et j'oscille entre douleur et espoir. Ce soir, j'ai plutôt le moral.

J'ai osé, pour la première fois, conduire l'Audi de Nathan. Le parfum d'encens et de tabac se dissipe lentement, je l'aspire par tous les pores.

Je range la voiture le long du trottoir et je franchis l'esplanade qui mène à la gare dont l'immense dôme de verre reflète les rayons du couchant. C'est une très grande gare pour une petite ville, mais elle est belle comme un rêve d'acier et ses volutes se déroulent, transparentes, contre le ciel. Philippe m'attend déjà, son sac de cuir jeté sur une épaule, pour faire jeune. Il a troqué ses cheveux café au lait contre un catogan grisonnant, et son air un peu perdu m'attendrit, parce que, ne se sachant pas observé, il oublie son rôle d'agent d'artiste et délaisse sa branchitude. Il a juste l'air d'un vieux môme qui a peur que sa mère ne le largue sur un quai de gare. Ce que je ne fais pas. Son visage s'éclaire quand il me voit :

« Louise ! Ma belle ! » – On s'embrasse, même si je n'aime pas les effusions. Dans la voiture de Nathan, il s'étonne :

« Tiens, tu la conduis ? » – puis il esquisse une petite moue, conscient d'avoir gaffé.

« J'essaie de vivre normalement, Philippe. Le phénomène est récent, crois-moi.

— Pour sûr que je te crois ! Tu as mis deux semaines à répondre à mes mails...

— Je ne voulais plus entendre parler de tableaux et d'expos.

— Je te comprends, même si tu m'en as fait baver au début...

— On en a tous bavé, crois-moi...

— J'imagine, Louise, j'imagine... »

Il pose, sur ma main qui tient le volant, ses doigts bagués de vieux rockeur.

« Tu sais, ça m'a fait un choc terrible à moi aussi. Nathan est un type bien. Il me manque. »

J'apprécie qu'il parle au présent. J'habite le présent. Le passé m'angoisse trop et le futur est opaque. Je lui souris en abordant l'allée de gravier et il sifflote devant la façade tarabiscotée de la maison, sa loggia à encorbellement et les buis en pot de chaque côté du perron de pierre.

« Dis-donc, cette baraque, je me le dis à chaque fois, elle est trop ! »

Il a retrouvé ses tics de langage, sa posture de vieil ado, mais je m'en moque. La solitude me pèse, pourquoi ne pas l'avouer. Kate est repartie pour les vacances en Australie. De toute façon, c'est sa dernière année en Europe. Les enfants sont chez ma mère, qui a loué une maison sur la Côte d'Opale, dans le but louable de leur rosir les joues et le moral. On a évité de parler de la maison de Plogoff, que je ne me suis pas encore décidée à réserver pour l'été. Pourrai-je y retourner sans Nathan ?

Philippe escalade le perron. Je lui montre la chambre d'ami, qu'il connaît, et je vais à la cuisine préparer un sandwich. Il est tard.

Très vite, il empoigne la bouteille de vin et entre dans le vif du sujet.

« Bon, Louise, tu es d'accord cette fois ? Tu as intérêt, j'ai réservé ton billet sur le vol d'Alitalia.

— Quand ?

— Mardi.

— Si vite ?

— On n'a pas le choix. La Biennale démarre dans douze jours. Rien n'est prêt, mais on a notre Pavillon, au Giardini. Les toiles doivent arriver, j'ai réservé les transports Baldini, je les connais, j'ai toujours eu affaire à eux ; ils sont sérieux. Nathan n'est pas mon premier client, tu sais ? Mais pour la Composition pourpre, on va l'appeler ainsi, hein, faut aviser, je ne peux pas l'emporter moi-même, si ? Même si j'exposerai certains tableaux en « off », ça va de soi... Montre-moi ! »

Il se lève, trépigne presque, je l'accompagne à l'atelier. Le petit tableau à la main flottante est caché, dans notre chambre. La grande toile pourpre est adossée au mur. Les autres ont déjà été embarquées.

« Celui-là, il l'a fini juste à temps...

— Comme s'il savait... »

Philippe et moi on se regarde, pris de malaise. Il envisage la toile, siffle entre ses dents serrées.

« C'est peut-être son meilleur, je téléphone à Baldini... » Il happe déjà son portable, je pousse un cri :

« Philippe ! Celui-là je ne veux pas le vendre, ni même l'exposer, tu comprends ? »

Un éclair de déception dans les yeux, Philippe hoche la tête :

« D'accord, ma belle, bien sûr que je comprends. La Biennale est une vitrine, mais on envisagera une expo après, je m'y engage, et peut-être que cela fera resurgir Nathan. Qui sait ?

— Puisses-tu dire vrai... »

Il me caresse les cheveux ; sa main s'attarde, une seconde de trop et je me cabre :

« Comment va ta bella Comtessa ? Et ton petit Luca ? »

Philippe n'est pas bête, il sent où il doit s'arrêter et saisit la perche que je lui tends, malignement :

« Bien... Ils m'épuisent tous les deux, surtout Alba, elle est trop jeune pour moi... »

Il fait une grimace penaude et je souris.

« Elle t'accompagne ?

— Elle me rejoindra, pas moyen de lui expliquer que c'est du boulot, pas une villégiature, mais tu la connais...

— Si peu... »

Je n'ai nulle envie de fréquenter la gamine déjantée et décadente qu'il a dû pêcher dans un bar branché, à Paris ou à Rome, et qu'il a dû appâter avec son bagout de bateleur et son fric ostensible, peu fiable… Mais Philippe me sourit à son tour et je réalise qu'il a du charme, et même une grâce un peu usée de *condottiere*, que la jeune Alba lui a quand même fait un petit – et qui suis-je pour juger ?

Pendant une heure, Philippe me parle contrats, art conceptuel, me largue des anecdotes sur les précédentes biennales où il rôdait, démolit les autres pavillons où on expose des artistes surfaits, selon lui, envisage une nouvelle expo de Nathan (il n'ose pas dire dernière), empoche mes procurations… Je suis saoule de paroles. Il me tend le *'voucher'* de mon hôtel, dans le quartier du Castello, où il m'attendra avec Alba. Je ne serai pas seule. C'est vite dit. J'envisage ce départ comme une épreuve et je n'ai pas tort. Nathan m'a mise dans de sales draps, et je ne suis pas loin de lui en vouloir, où qu'il soit à présent…

Lorsque Philippe s'en va, le lendemain, je suis vidée et soulagée. Il me reste juste le temps de faire un saut chez ma mère avant le départ des jumeaux. Ils sont dans leur chambre, occupés à préparer sacs de plage et accessoires divers : des bottes de caoutchouc roses et un maillot à pois pour Lola, un filet à crevettes pour Tom… J'ai beau arguer que nous sommes en avril et qu'ils auront froid, peut-être, ils rêvent plages et bains de mer… Puis soudain, Tom lève la tête et demande, tranquillement : « Quand viendras-tu nous rejoindre avec papa ? » – je suis foudroyée. Lola à son tour me fixe de son regard noir, véhément. Ses lèvres tremblent un peu. Elle attend ma réponse. Je murmure : « Bientôt, j'espère. » et je m'enfuis, comme une lâche. Dans le hall, ma mère me réclame des détails sur Venise, le prix de l'hôtel et les contrats éventuels : « Ce Philippe est honnête, je suppose ? Ne te fais pas rouler ma fille. Pense à l'avenir ! »

Quel avenir ? Je la plante là, exaspérée. Elle crie à l'ingratitude. Elle n'a pas tort mais je m'en fiche. Dans la voiture de Nathan, je pleure. J'ai peur. Je décide de foncer en ville, chez mon frère ; avec un peu de chance il sera là, il travaille beaucoup à domicile : joies de l'informatique... On n'a rien trouvé dans l'ordinateur de Nathan. Un désert navrant et étrange.

Sébastien habite un appartement neuf au bord du fleuve. Il aime voir l'eau et le ciel, comme moi. Chez lui, peu de meubles et peu de couleurs. Il appelle cela sa chambre d'hôtel, et c'est ainsi qu'il veut vivre. On est loin du cliché de l'appartement homo doublé de peaux de panthères et jalonné de phallus de marbre. Seule exception, sa chambre, pourpre comme un utérus et ornée d'un unique tableau : une reproduction de la naissance du monde de Courbet. Lorsque je me suis étonnée de ce choix, pour le moins incongru, face à ce sexe féminin ouvert et vorace au-dessus de l'édredon de soie cramoisie, il a haussé les épaules avec un sourire : « Pour savoir d'où on vient... ». Soit.

Par chance Sébastien est chez lui. Pourtant il tarde à ouvrir. Je comprends lorsque je pénètre dans son salon blanc, uniquement meublé de deux immenses divans de cuir, blancs également, d'une table de verre et d'un bureau sur lequel trône un ordinateur allumé, son outil de travail. De travail pourtant, il ne devait guère en être question. Le commissaire Delvaux est assis, en bras de chemise, sur un des divans, face à la Meuse. Il se lève à mon arrivée, à peine embarrassé. Sébastien opte pour la franchise :

« Tu connais Michel... » Tiens, il s'appelle Michel. Saint Michel et Saint Sébastien, les deux saints les plus sexy du calendrier. Pour la première fois de cette fichue journée, je m'arrache un sourire.

« Oui. Rien de neuf, je présume. »

Cette fois, la gêne de Delvaux s'accentue. Il esquisse une grimace.

« Hélas non. Votre mari s'est littéralement volatilisé. Je suis désolé.

— Et moi donc... »

Sébastien vient à la rescousse de son aimé :

« Michel continue d'investiguer. On a fait des appels à témoins. On a dragué la Meuse, fouillé les bois, tu en es consciente tout de même ? »

Ma parole, il m'engueulerait presque. A-t-on idée d'avoir un mari si emmerdeur qui fait dépenser en pure perte l'argent du contribuable ?

« Oui, Seb, j'en suis consciente. Et vous Michel, qu'en pensez-vous ? Vous avez déjà eu des cas semblables, j'imagine ? »

Le commissaire est sensible à l'emploi de son prénom. Il me gratifie d'un sourire naturellement charmeur. Les yeux verts de Sébastien se posent sur ce sourire comme un papillon butine. Je suis de trop mais Delvaux enchaîne avec sérieux :

« Je vous avoue que trop de cas se résolvent en assassinat ou en suicide, je regrette d'être aussi brutal. J'exclus évidemment les cas de démence sénile ou autres... Nathan n'a pas oublié son adresse. Il a pris toute sorte de précautions. Il vous a mise financièrement à l'abri. Cela pourrait être un suicide, mais il n'avait aucune raison, visible en tout cas. Rien dans l'enquête ne contredit votre version. Je pencherais pour la fugue, ou disons : le départ volontaire – mais j'ai peur de vous donner un espoir inutile.

— Pourquoi ?

— Parce que les gens qui fuguent reviennent rarement et leurs raisons sont encore plus complexes que celles d'un suicide...

— Nathan menait peut-être une double vie ? »

C'est Sébastien qui avait parlé. Je me suis insurgée :

« Ridicule ! Et il aurait entamé une carrière de peintre alors qu'il n'avait pas besoin de travailler quand je l'ai rencontré ?

— Ça paraît bizarre en effet, mais il en avait peut-être marre de glander. Rentier, ça use !... »

Sébastien affiche un air goguenard. La jalousie sourde qu'il devait ressentir envers Nathan, l'homme qui lui avait pris sa jumelle, ressortait par bouffées. Je me suis sentie trahie. Qu'est-ce que je fichais là ? Delvaux a senti notre tension :

« Le passé de votre mari pourrait expliquer bien des choses mais il reste très flou, presque trop lisse. Il a peu expérimenté la vie de famille, c'est le moins qu'on puisse dire... Son père était veuf, très occupé à faire de l'argent, et il est mort jeune. Donc...

— Donc ?

— Rien. Il y a quand même eu deux morts violentes qui ont jalonné la vie de votre conjoint : celle de sa mère d'abord, dans cet accident dont il a failli lui aussi ne pas réchapper, ensuite ce meurtre au collège, ça a fait tout un foin à l'époque...

— Je sais. Et cela justifierait un traumatisme, expliquerait une fugue si tardive ? »

Delvaux hausse les épaules.

« À ce stade je n'en sais rien. Je ne suis pas psy, mais cela vaudrait peut-être la peine de soumettre le cas à un expert... »

Sébastien a eu un sourire ironique :

« Oh, les experts !... » Et il a effleuré de sa main la joue du commissaire qui a souri, nullement gêné. J'avais l'impression qu'ils étaient plutôt fiers et soulagés d'afficher leur intimité. Ils avaient l'aplomb des nouveaux amants. Je les ai enviés, moi, l'amputée. Mais j'étais heureuse pour mon frère. Puisse-t-il se poser enfin...

Je me suis alanguie à mon tour dans le canapé, envoyant valser mes chaussures par réflexe. Le commissaire sentait toujours Habit Rouge de Guerlain. Il regardait le ciel, où dérivait un triangle d'oies sauvages.

« J'aime bien cette vue... »

Sébastien s'est assis à son côté. Puis, mû par une sorte d'instinct, il s'est relevé et est venu vers moi pour une étreinte brève.

« Ça va toi ? Pas trop épuisée par tout ce cirque ? Tu tiens le coup ?

— Justement, je vais avoir besoin de toi Sébastien...

— Explique... »

— Venise. La Biennale. Je vais devoir y assister bien sûr. Nathan a été choisi, c'est un honneur, il en a été le premier surpris mais bon, c'est fait. Sauf que l'artiste a disparu. C'est gênant...

— Bonne pub, aussi...

—Je t'en prie Seb, ne recommence pas. Par moment, je n'en peux plus de ton cynisme...

— Alors qu'attends-tu de moi ?

— Rien de désagréable, au contraire, en d'autres circonstances, j'aurais sauté de joie... Mais le fait est que mon boulot recommence le 16, que je peux faire acte de présence cette première semaine, mais que je ne peux être là pour la clôture... Je me suis assez absentée et le vieux Charles ne m'a plus à la bonne...

— Et tu me demandes de te remplacer ?

— Oui. Je n'adore pas laisser Philippe tout diriger. J'ai confiance en toi. Et puis il faut un représentant de la famille, c'est la moindre des choses...

— Tu devrais envoyer maman, le couteau entre les dents ! »

— L'hôtel est payé. Connaissant les goûts de Philippe, il te plaira. Le voyage aussi. Sur le compte de la société. Et je sais que tu peux emmener ton bureau avec toi » – j'ai désigné l'ordinateur.

— Tu as pensé à tout, à ce que je vois... Ça peut se faire. Je vais m'arranger. Venise... Il y a pire... » – il a glissé un regard vers Delvaux qui a esquissé un geste de dénégation un peu dépité.

« Une autre fois, hélas... Je travaille.

— Ah, ces prolétaires ! » – Sébastien a levé les yeux au ciel, puis il s'est tourné à nouveau vers moi :

« Que devrai-je faire ? Je ne m'y connais guère en biennale, tu sais... J'aime ce que fait Nathan mais...

— Ce sera simple. Un peu de relations publiques avec Philippe, et tu contrôles le suivi...

— Bof, Philippe, ce vieux beau ! Enfin, je crois qu'il est habile, Nathan n'était pas du genre à s'associer avec n'importe qui. Ça nous aidera. Il empochera peut-être le Lion d'or !

— Je te préviens, Alba sera là aussi.

— Damned, cette dindonne emplumée, c'est l'enfer de Dante ton truc !

— Tu exagères. Elle est plutôt mignonne et sympa...

— Rien à foutre. Elle a deux ans d'âge mental, n'aime que les boutiques et lécherait des vitrines de burkas au fin fond de l'Afghanistan, alors tu penses, Venise... Ne compte pas sur moi pour être son sigisbée...

— Elle ne comprendra pas ce mot et Alba n'est pas ton problème. C'est celui de Philippe...

— Très bien. Le vieux con n'a que ce qu'il mérite !

— Alors, tu veux bien ?

— Oui, mon enfant, ma sœur, je veux bien... »

Je lui ai sauté au cou. Sa joue était râpeuse. Ses yeux riaient, et il s'est tourné vers son ami :

« Michel, je jalonnerai le parcours pour notre prochaine escapade... »

Delvaux a souri, puis déployé sa haute taille :

« Bonne idée... Louise, vous permettez que je vous appelle ainsi, si j'ai du nouveau, je vous préviens où que vous soyez... Mais pour l'instant, hélas, nous privilégions le départ volontaire. Je sais que c'est dur à encaisser pour les proches et c'est pour cela que je vous dis : le dossier n'est pas classé. Il reste en suspens jusqu'à nouvel ordre. J'espère que votre compagnon réapparaîtra un jour et que vous aurez l'explication.

— Merci Michel. Je vais essayer d'y croire et d'être patiente. Je n'ai pas le choix. Maintenant, si vous permettez, j'ai encore des préparatifs à faire, je pars demain... Seb, je te fais suivre toutes les infos. Tu me remplaces dans une semaine. »

Je les ai embrassés tous les deux. Mes deux frères à présent.

***

Le taxi fluvial glisse sur le grand canal. Il pleut. Une vapeur monte de l'eau et brouille les façades des palais dont le reflet somptueux ondule dans le sillage du bateau. L'odeur de la lagune est un peu âcre. Louise serre autour d'elle son manteau de drap, trop léger. Des larmes salées glissent sur ses joues et elle veut croire que c'est de la brume. Elle sait, déjà, qu'elle ne pourra rester jusqu'au bout. Venise n'est pas possible quand on est seule comme elle. C'est une imposture de pierre et de marbre dont elle doit se délivrer au plus vite. Elle a envie de fuir mais le taxi la dépose à quai, elle emprunte la calle de la Malvaisia où est, paraît-il, son hôtel. Elle escalade les marches de l'entrée. Derrière de hautes portes de verre, le hall est désert. Elle frôle en passant un bouquet de lys roses posé sur un guéridon. La lumière semble incertaine et dorée comme une liqueur. Un groom se précipite vers son bagage qu'elle a voulu léger. Elle se décide à tendre son *voucher* à la jeune femme de la réception dont le visage de brune un peu austère s'éclaire en lisant son nom :

« Signora Delaunoy, j'ai du courrier pour vous ! » – le cœur de Louise manque un battement. L'espace d'une seconde insensée, elle imagine Nathan. Il est là, dans la chambre. Il l'attend. Tout le reste n'est que mauvais rêve. Mais c'est seulement Philippe qui l'informe qu'il la laisse se reposer et viendra la chercher dans une heure, si elle le veut bien.

La chambre est inutilement belle, couleur de bronze et d'absinthe, et le vaste lit aux draps soyeux suggère un abandon sans objet. Par la fenêtre, un petit pont aux arabesques de fer enjambe le rio dont l'eau verdâtre, criblée de pluie, scintille par intermittence. Elle ne s'attarde pas et après une hésitation, se décide à s'allonger sur le lit. Elle a envie de hurler mais elle s'endort.

***

Trois coups discrets à la porte la réveillèrent en sursaut. Louise se dressa sur son séant, un peu hagarde. Où était-elle donc ? La voix de Philippe, qui l'appelait, la força à se lever. Pieds nus, les cheveux en désordre, elle alla ouvrir. Philippe entra dans la chambre comme un chien de chasse, narines ouvertes : « Ah ! Je reconnais ton parfum, j'ai dit à Alba d'acheter le même, ça t'ennuie ? J'adore, c'est de l'iris ? Poudre de riz ? J'ai le nez, j'aurais pu entrer chez Guerlain, d'ailleurs, dans ma jeunesse, j'ai rencontré le maître, car c'est un maître, et il m'a dit... »

Louise, déjà étourdie, n'écoutait plus. Philippe ne connaissait que des gens connus et réciproquement. Il portait un pull noir à col roulé et des Converse. Il admira la vue comme s'il en était personnellement responsable, donna son numéro de chambre à Louise – il logeait au deuxième étage, avec Alba – et la gratifia d'un regard de commisération.

« Ma pauvre petite, tu as l'air crevé ! Désolé de te déranger, mais on n'a pas trop le temps, là. Il faut que je t'emmène au Pavillon, tu dois voir l'installation. Je pense que c'est nickel, mais tu as ton mot à dire évidemment. Bon, je te donne un quart d'heure pour retrouver figure humaine – je plaisante ma puce, je plaisante – et on se retrouve dans le hall. Ciao Bambina ! »

Louise choisit une robe noire de veuve chic – n'était-ce pas ce qu'elle était ? – refit son chignon et, au dernier moment, jeta une étole de cachemire gris pâle sur son manteau trop léger. Elle remplaça ses hauts talons, trop casse-gueule ici, par des ballerines vernies et se trouva parée. Une psyché encadrée d'acajou lui renvoya son image, qui ne lui déplut pas. Nathan aurait trouvé que ses yeux, dans cette semi-pénombre, avaient la couleur de la lagune, mais Nathan ne l'avait jamais emmenée à Venise. Cela devait être leur première fois, du moins à deux, car Louise avait déjà voyagé en Italie lorsqu'elle était étudiante. Mais ses souvenirs s'estompaient. Tout s'estompait d'ailleurs dans sa tête – il lui semblait vivre dans une brume permanente.

Philippe l'attendait dans le hall. Une petite femme rousse au visage enfantin très maquillé l'accompagnait. Alba, comtesse Pisani, 26 ans à tout casser. Elle portait un Perfecto de cuir cerise qui jurait joliment avec ses cheveux, et un *'jeans'* clouté d'argent qui semblait vaporisé sur des fesses pommelées, dont elle accentuait la cambrure par sa pose, épaules rejetées vers l'arrière et mains dans les poches. Un somptueux sac Prada, grand comme un jeune chien, était couché à ses pieds, dont chaque ongle était verni d'une couleur différente. Elle avait de grands yeux noirs liquides qui, pour l'instant, n'exprimaient rien d'autre que l'ennui de cette attente. Elle se jeta pourtant au cou de Louise, qu'elle n'avait vue que deux fois dans sa vie :

« Cara ! Quel plaisir de te retrouver ! Bon, on y va ? » Ses r roulaient comme des perles.

Le bateau-taxi – au Diable l'avarice, la société payait – les attendait sur le rio. Mais on pouvait y aller à pied, non ? Ce n'était pas loin ? La proposition de Philippe fut refusée par Alba, qui ne voulait pas mouiller ses sandales rouges à plate-forme. Louise pensa aux souliers des anciennes courtisanes. Alba perpétuait la tradition. D'ailleurs, cette ville lui seyait à ravir... Elle semblait faite pour être lutinée dans une gondole, un tricorne de velours posé sur ses cheveux de feu. Sébastien avait tort, cette fille était presque poétique à sa manière – une vision de Canaletto – son mari avait eu du nez finalement... Le babillage roucoulant de la *comtessina* les accompagna jusqu'aux Giardini. Là, une trouée bleue apparut enfin entre les nuages et un soleil de printemps illumina les feuillages. Le châle de cachemire devint soudain inutile et Louise déboutonna son manteau. Alba jeta son *Perfecto* sur une épaule et offrit à la chaleur naissante deux seins trop pigeonnants pour être honnêtes, soulignés par un top de dentelle noire. Une grande croix de diamants se balançait dans leur sillon, et cette foi affichée au veau d'or amusa Louise. Philippe avait intérêt à bien vendre.

Le Pavillon et son fronton art-déco rappela à Louise la maison de Nathan, la sienne à présent.

L'intérieur était presque austère. C'était tendance. Des gens, en *jeans* et blousons de cuir, s'activaient. Il y avait beaucoup de bruit, venu du pavillon voisin où une machine géante aux roues dentées était censée illustrer l'inéluctabilité du temps qui passe. Une œuvre d'art d'un certain B. que Philippe semblait aussi beaucoup admirer.

Revoir quelques tableaux de Nathan lui fit mal, comme prévu. Elle reconnut sa Composition bleue et la grande toile gris-vert qu'il avait dédiée à son regard, lui avait-il dit un soir... Le tableau s'intitulait : « Yeux de Louise » et était accroché très haut sur une cimaise. Cela lui convenait-il ? Elle acquiesça. Elle avait de nouveau envie de fuir et étonnamment Alba s'en aperçut. Elle lui prit le bras :

« Viens, on se tire ! Ras-le-bol de ce souk ! On se promène sur l'eau. Il n'y a que ça à faire à Venise ! Philippe nous rejoindra après, on a réservé dans un restaurant, tu verras, leur *risotto* est une merveille, et je parie qu'ils ont les premiers *castraure* ! »

De nouveau, Louise opina du chef sans comprendre. Elle n'avait qu'une envie : ne plus voir les tableaux de Nathan. Ne plus voir cette ville. Ici, l'absence de Nathan était un scandale. Mais il fallait serrer les dents et tenir.

Cela fut dur de monter dans le *vaporetto*, aux côtés d'Alba, et de voir défiler le long des canaux les façades des palais maintenant resplendissantes dans le rose du couchant. Chaque ogive de marbre, chaque dentelle de pierre ou de brique lui apparaissait comme une insulte faite à sa solitude. Alba, ravie, se répandait en roucoulades et Louise baissait la tête, obstinément, suivait des yeux les remous des flots dans une sorte d'hébétude. Sur la place Saint-Marc qu'Alba voulait traverser –« je t'offre un verre au Harry's ! » Elle adopta une démarche rapide et crispée tandis que la jeune Italienne vacillait à ses côtés, mal assurée sur ses échasses, mais apparemment pleine d'énergie.

Louise garda de cette excursion une impression d'éblouissement blanc et une envie d'en finir.

Au Harry's Bar, elle ferma les paupières de lassitude tandis qu'Alba babillait dans son portable. Elle but trois Bellini pour s'étourdir, mais l'ivresse était trop légère. Elle franchit le Rialto voûtée comme une vieille femme. Les gens la bousculaient, elle perdit son châle dans la foule.

Philippe les attendait au restaurant avec deux inconnus, dont l'un se révéla être l'auteur de la roue dentée géante et l'autre, sans doute, un marchand d'art américain, client potentiel après la Biennale ? Ils parlèrent de Nathan, de son œuvre encore jeune et trop tôt interrompue mais cela commençait à se savoir, n'est-ce pas, qu'il avait du talent, ce bougre de fuyard ? Louise dut donner la réplique. Elle était là pour ça. Le restaurant était sombre et branché. Alba battit des mains en découvrant dans son assiette de minuscules artichauts violets. Louise croqua des pinces de crabe et but beaucoup de vin. Après un temps, elle sentit une main se poser sur sa cuisse, à l'ombre du nappage blanc. C'était l'artiste à la roue dentée. Il était éméché et parlait d'apocalypse à venir en la pelotant... Elle se leva, le gifla, et partit.

Elle marcha au hasard des ruelles, en sanglotant. Philippe la rattrapa. Il ne dit rien et se contenta de la ramener à l'hôtel, elle était trop désorientée pour y arriver toute seule. Ils traversèrent en silence des *campi* presque déserts, des petits ponts de fer en dos d'âne. Les maisons anciennes veillaient, pâles dans l'obscurité. L'odeur de l'eau partout stagnait... Philippe dit très bas : « Pardon. » et la laissa devant le seuil de sa chambre. Elle dégrafa sa robe et ses dessous de dentelle crème qu'elle avait mis pour Nathan, qui ne viendrait plus. La psyché reflétait son long corps, blanc et nu. Elle vacilla jusqu'au lit, serra l'oreiller contre ses seins, les yeux brûlants. Nathan penchait sur elle son torse, mêlait aux siennes ses jambes dures. Il lui mordait les lèvres et son souffle gémissait son nom.

Elle pensa qu'elle ne pourrait plus jamais refaire l'amour et qu'elle repartirait très vite. Il n'y aurait, pour elle, aucune histoire à vivre dans cette ville...

XI

NATHAN KELLER

À Vannes, j'ai pris la navette pour l'île. Je n'y étais plus retourné depuis ma rencontre avec Louise... Sauf une fois, quand j'y repense : j'avais profité de notre séjour à Plogoff pour descendre surveiller les travaux – Madame Le Garec ne pouvait s'occuper de tout et le Visiteur n'aimait pas que je laisse les choses aller. Même si la maison m'appartenait – acte de propriété à mon vrai faux nom – je ne devais jamais faire de vagues, c'était le contrat. Le Visiteur n'aimait pas s'occuper d'histoires de plomberie ou de toit à retaper. La maison m'avait souvent servi de planque par le passé. C'était le bout du monde ici mais cette baraque se louait pourtant, à de vieux solitaires ou à des familles écolos. Louise ne l'avait jamais vue, jamais connue. Pourtant elle n'était pas si loin de notre refuge breton, cela avait fait râler De Styx : « Tu pouvais pas choisir l'Ardèche ou l'Italie, pour ta petite famille ? »

Eh bien, non. J'aimais l'idée de cette proximité secrète, un peu dangereuse, comme si mes deux vies étaient capables d'osciller, par à-coups, et de se rejoindre enfin. Cela n'était jamais arrivé. Cela n'arriverait jamais.

J'ai reconnu le port de Saint-Guénaud. Il n'avait pas changé. Les barques de pêcheur côtoyaient des canots à moteur, plus récents, et le vieux sardinier à voile ocre servait toujours de prétexte pour les photos de groupes, lors de débarquements des rares touristes. La plupart préféraient les autres îles, plus accortes, plus peuplées. Celle-ci était désolée comme un ancien bagne, cela me convenait fort bien. Il n'y avait pas de réseau à l'intérieur des terres – c'est-à-dire toujours près de l'océan – si bien que l'on devait courir dans l'unique café du port pour téléphoner ou surfer sur le net, modernité qui manquait aux jeunes. Ceux-ci, nés à Saint-Guénaud, commençaient à déserter en masse. C'était une île abandonnée aux vieux – et aux nostalgiques. Il en restait quelques-uns. Ici les gens se foutaient la paix les uns aux autres, ce qui ne veut pas dire qu'ils étaient indifférents, pas vraiment. La solitude rendait curieux et j'avais appris à éluder les questions de Madame Le Garec, les rares fois où j'entrais en contact avec elle. Elle me prenait pour un érudit méditatif, doctorant en cycles arthuriens, et elle aimait me raconter l'unique légende de l'île, celle de la Sirène et de la Pierre couchée. Je la connaissais par cœur, à force, et jurais de l'insérer dans mon imaginaire bibliographie, avec les remerciements de l'auteur.

J'ai pris un des deux taxis de l'île, qui servait aussi d'ambulance le cas échéant. Une grosse femme aux cheveux gris le conduisait. Le mari devait être pêcheur, comme la plupart des hommes ici, mais il y avait aussi un pharmacien, un notaire et un couple de médecins. Les commerces se limitaient à l'essentiel. Il n'y avait pas d'hôtel, ce qui m'arrangeait, et une unique crêperie qui ouvrait seulement à la belle saison. On circulait le plus souvent à pied ou à vélo. Interpol ne passait pas par ici. Cette île était déjà une prison, mais une prison de terre et d'eau, exposée en plein vent. Il fallait être fou comme un gardien de phare – celui de l'île résistait à l'informatisation – pour s'accrocher à cette lande aride, à cette poignée de pierres granitiques. Fou ou réfugié.

J'ai eu un choc en revoyant la maison. Isolée au milieu d'une houle de collines pelées, elle n'avait pas changé, elle non plus. Elle affrontait les saisons avec vaillance. À première vue, elle semblait uniformément grise, prise dans une nasse de brume. Puis on distinguait les premières taches mauves des bruyères entre les rochers, gris eux aussi. L'océan, en contrebas, mugissait en sourdine mais on respirait partout son haleine de sel, on entendait partout son grand souffle de fauve jamais assagi.

Madame Le Garec m'attendait sur le seuil. Elle avait vieilli. Ses cheveux étaient tout blancs à présent et elle s'enveloppait dans un châle en tricot mauve, de l'exacte couleur des bruyères. Elle a souri en me voyant, et j'ai constaté que l'île manquait toujours cruellement de dentiste.

« Monsieur Mancini ! Quelle joie de vous revoir ! Depuis le temps ! J'ai tout préparé comme au bon vieux temps. Le frigo est plein. Le congélateur aussi. Oui, l'électricité marche à présent. Le nouveau maire l'avait promis, et puis pour les touristes, c'est mieux. Je ne dis pas ça pour vous monsieur, mais bon, vous êtes sans doute habitué à plus de confort ? » Cela appelait une confirmation, un éclaircissement, un renseignement, que sais-je... et je ne le lui ai pas donné. Elle croyait que j'étais parisien, comme la plupart des rares touristes francophones qui venaient sur l'île. Sinon, j'aurais été allemand ou belge. Peut-être hollandais. Pas mon genre... J'ai souri et remercié chaleureusement. Ça, je savais y faire. Sa déception s'en est trouvée atténuée mais elle a renchéri : « Toujours votre thèse en cours ? C'est-y fini votre livre ? » Décidément, elle avait bonne mémoire. J'ai hoché la tête :

« Presque, Madame Le Garec, presque. Cela prend du temps. Mais je ne désespère pas ! »

Elle a eu l'air impressionné. La somme de mes travaux s'étendait tout de même sur presque une décennie. Et les trompettes de ma renommée ne franchissaient toujours pas l'Atlantique... Elle s'est effacée pour me laisser entrer. J'ai pris le temps d'admirer le massif d'hortensias qui bleuissait le muret d'enceinte. La maison sentait le varech et l'iode. Ici, même la terre avait l'odeur de la mer. À l'intérieur : quatre pièces spartiates, meublées de neuf et de suédois – c'était nouveau. Les vieux meubles bretons avaient été rachetés par un antiquaire de Vannes, Madame Le Garec me le rappela. Ne lui avais-je pas donné carte blanche, en son temps ? Elle n'avait fait qu'obéir aux injonctions de l'agence. Je la rassurais. Le suédois c'était très bien. Et plus pratique. Elle s'est rengorgée. A tenu à me montrer la douche neuve et la cuisine fraîchement repeinte. Blanc, comme j'aimais. Et ça évitait les cassements de tête et les dépenses inutiles, n'est-ce-pas ? Bien sûr. J'avais hâte qu'elle s'en aille. Elle a encore déploré que je ne veuille pas installer une parabole-satellite à l'arrière de la maison, ça m'aurait permis de capter toutes les chaînes – mais les locales me convenaient, merci. Elle s'est enfin décidée à enfourcher sa bicyclette rouillée (j'avais la même à ma disposition dans le petit hangar) et s'est engagée, cahin-caha sur le chemin semé de pierres. La descente était plutôt raide mais elle avait un demi-siècle d'habitude dans les mollets. Elle a disparu dans le premier tournant.

La solitude est tombée sur moi comme le brouillard. Je suis allé m'allonger sur le lit, couvert d'un édredon blanc et neuf. Une légère humidité saline imprégnait l'oreiller. Je me suis demandé combien de temps allait durer ce silence, si mon retrait du monde pouvait s'étirer indéfiniment, si j'allais me transformer ainsi en ermite, en errant des landes... La nuit tombait. C'était l'heure des korrigans, que les vieilles de l'île semblaient craindre encore, et qui hantaient la grève, prêts à se moquer cruellement du promeneur égaré... J'avais le choix : me mêler à leur ronde, ou me plonger dans les journaux du jour, dont j'avais fait provision avant de monter dans la vedette.

Je me suis décidé à en déployer un, adossé à mes oreillers, face à l'unique fenêtre qui dévoilait un pan de ciel laiteux. On parlait encore de Morrier. Sa vie, ses œuvres. Un politicien actif, fauché en pleine action. Un futur président, marié, trois enfants, énarque. Le profil habituel. On reparlait moins de la call-girl bosniaque, il y avait dû avoir des consignes. Le Parti ne devait pas aimer éclabousser son héros. On s'interrogeait toujours sur l'identité du tueur – qui n'avait laissé aucune trace – et le mobile du crime. J'étais agacé. D'habitude, De Styx me travaillait, avant l'exécution : mon impassibilité de tueur masquait souvent une colère sourde, motivée, un pur précipité de haine rétrospective. Je vengeais une victime – ou plusieurs – le plus souvent masquées elles aussi, tombées dans l'oubli ou le déni. Et De Styx me donnait la tête du salaud. Ici, j'étais dans le vague, et cela m'irritait. De Styx, cette fois, m'avait envoyé tuer à l'aveugle. J'avais obéi en bon soldat – le conditionnement (ou la menace ?) fonctionnait encore. Humiliant. Et dangereux. Surtout, je me retrouvais dans un no-man's land. Avec un nom d'emprunt, que je n'avais plus réactivé depuis des lunes... Bruno Mancini n'était pas Nathan Keller. Il n'avait pas de père industriel, mort du cancer, ni d'épouse aux yeux pers, ni d'enfants jumeaux, ni de jeune mère massacrée...

J'ai jeté sur le plancher mon journal roulé en boule. J'avais l'impression d'être un de ces poissons que j'avais vus traînés sur le port, se débattant dans leurs filets à plombs... Je manquais d'air moi aussi. Mes écailles saignaient. De Styx avait eu tort de ne pas éclairer ma nuit. Il le faisait toujours d'habitude... Dans notre cas à tous les deux, il était dangereux de déroger aux habitudes...

***

Les habitants de Saint-Guénaud étaient intrigués. Peu de touristes restaient aussi longtemps chez eux, sans même prendre la vedette qui menait à Vannes ou aux autres îles.

Le plus souvent, l'étranger restait dans sa maison, isolée dans une boucle du sentier des douaniers, au-dessus de l'océan. Il travaillait – paraît-il – pour une revue d'art ou de lettres, on ne savait pas trop. Le matin, il arpentait la lande jusqu'à la Pierre couchée, celle de la Sirène, et descendait jusqu'à la grève. Il s'installait sur un rocher, ou à l'entrée de la grotte des Houles, et regardait l'océan, sans rien faire. Puis il gagnait le port, par la plage du Gomon. Il s'installait à une table en terrasse, s'il faisait beau – ou dans l'arrière-salle du Café du Gomon. Le plus souvent il commandait un café ou une pression, suivant l'heure, puis le plat du jour (la saison venait de commencer) et se lançait dans la lecture des journaux. Il les épluchait méthodiquement, sans lever le nez, réclamait parfois un calvados ou un alcool fort. Il remontait chez lui par le sentier des douaniers, après un salut bref, mais souriant. Visiblement il ne voulait pas qu'on l'emmerde. Les jeunes filles de l'île qui affluaient comme un banc de sardines, maintenant que les vacances s'annonçaient et que le bachotage s'achevait, commençaient à frétiller sur la plage. Elles se mettaient à hanter l'unique café du port (autrefois sans charme particulier à leurs yeux) puisque le « nouveau » le fréquentait. Volontiers, elles auraient trouvé à l'étranger un charme sombre, quasi-Heathcliffien, pour les rares d'entre elles qui avaient lu les Hauts de Hurlevent. Les autres se contentaient de le trouver « trop ». Mais il ne parlait à aucune. C'est un homme qui n'avait pas envie de baiser.

Yveline, la patronne du café-restaurant Le Gomon l'avait pris en affection. Elle aimait les clients discrets, qui appréciaient sa cuisine et buvaient leur coup sans faire d'histoire ; le statut d'écrivain lui importait peu. Chez elle, on était tous marins-pêcheurs de père en fils et les femmes, jadis, tenaient les maisons et aidaient à réparer les filets. On n'en était plus là, mais il faut dire que l'actualité tenait peu de place à Saint-Guénaud. Il fallait prendre la navette pour faire son shopping si on voulait éviter l'unique épicerie du coin et la seule boutique digne de ce nom, qui se contentait de vendre des cabans et des pulls rayés. L'étranger justement faisait honneur aux pulls bretons et au K-Way. Sa vêture changeait peu. Madame Le Garec, qui lui faisait sa lessive, n'était pas loin d'en être déçue. Mais elle avait appris à se taire et à ne pas le harceler de paroles inutiles. L'étranger, qu'elle appelait aussi l'Italien en son for intérieur, était aussi mutique que les gens du cru. Il se fondait dans le paysage. Son regard ne reflétait rien. Mais il souriait souvent, sans raison, comme pour désamorcer les questions – et ce sourire était séduisant, un peu triste. Yveline et Madame Le Garec n'étaient pas loin de comprendre les jeunes filles de l'île. Les hommes, eux, s'en foutaient. Ils pêchaient le bar et la sardine. Et le homard en saison. Ils craignaient la crise et se plaignaient des armateurs des chantiers navals, qui payaient de moins en moins. On vivait une époque difficile.

***

À la mi-juin, Nathan prit la navette et se rendit à Vannes. L'océan et le ciel se confondaient dans un bleu apaisé. Le vent soufflait dans ses cheveux qui étaient presque longs à présent et blanchissaient aux tempes. Accoudé au bastingage, il fumait, malgré l'interdiction, et regardait fixement le sillage. Une légende locale affirmait que si on scrutait suffisamment le bouillonnement de bulles blanches, on apercevait bientôt les boucles de la Sirène, perpétuellement emmêlées le long de son dos nu et de sa queue d'écailles. C'était la Sirène de la Pierre couchée, que le voyageur des landes pouvait surprendre lui aussi, celle qui – par amour pour un marin inconstant de l'île – s'était traînée sur la terre ferme et était venue mourir sur le granit, échouée sur la grande pierre, le visage tourné à jamais vers le ciel.

Nathan aimait croire aux légendes. Il aurait voulu que le fantôme de la sirène mal-aimée se dresse devant lui sur l'écume, ses cheveux d'algues plaqués contre ses seins, ses yeux verts alanguis par des larmes d'eau de mer... Ses visions érotiques prenaient de plus en plus un tour fantasmatique... C'était le pays qui voulait cela. Et puis Louise, avec ses seins ambrés et ses yeux aux reflets océaniques aurait fait une belle sirène... Mais Louise était loin. Louise était perdue. Louise était échouée quelque part au fond de son esprit, et haletait dans un espace cruel, qui voulait la priver de mémoire...

Le bateau accosta et les navetteurs descendirent sur le quai. Les maisons blanches de la ville se reflétaient dans l'eau du bassin, et le fouillis des mâts brisait ce reflet en mille parcelles de lumière. Mais Nathan se sentait inaccessible à ce spectacle. La tiédeur de l'air l'aurait presque importuné. Il était déshabitué de la civilisation. Il longea la promenade et ses arbres aux feuilles neuves comme le voyageur pressé qu'il était souvent. Il passa un kiosque charmant, à l'ancienne, entrevit des remparts, des maisons à colombages, des filles jeunes en shorts et hauts délacés, et ne posa son regard sur rien. Il s'arrêta à la poste et alla chercher son courrier. Il devait, à l'heure d'internet, être un des rares clients à hanter les postes restantes. Il remit à son tour une enveloppe timbrée au guichet en échange de la lettre où son nouveau nom était inscrit en lettres violettes. La postière sourit d'un air de connivence. Elle devait croire à un échange amoureux particulièrement romantique, suranné à l'excès. Nathan observait l'adresse aux T barrés. Il avait le choix. Dormir à l'hôtel en s'accordant une soirée de relâche, dans une vraie ville, ou reprendre la navette et regagner l'île. Il choisit l'île.

XII

LOUISE DELAUNOY

Il n'y a pas beaucoup de choses à faire, en ville, quand vient l'été. Kate est repartie vers son bush. Ma mère a renoncé à émettre son point de vue sur les événements – ce qui est préférable – et mon beau-père prépare leurs vacances quelque part, au fin fond de l'Espagne.

J'ai renoncé à louer la maison de Plogoff. Trop de souvenirs.

Je vais me promener avec les enfants, dans des campagnes proches, ou le long de la Meuse. Je les laisse jouer dans le jardin, près du bois, où Nathan a disparu – peut-être.

Sébastien est reparti à Venise avec Delvaux, pour quelques jours. La Biennale suit son cours. Philippe a pris quelques contacts. Il y aura encore une exposition à Paris, puis tout s'éteindra, faute de feu.

À l'Institut, on a organisé la traditionnelle fête de juin, et j'y ai fait une brève apparition, en robe de vichy rose, pour montrer que je n'étais pas veuve, quoi qu'on en dise. Mais je supporte de moins en moins de voir les autres s'amuser.

Le soir, j'ouvre le tiroir de ma table de chevet et je sors le petit tableau. Je contemple ma nudité inutile et je regarde la main de Nathan, ses doigts enfoncés dans mes cheveux, les ombres des veines violettes sur sa peau... Je cherche le message et ne le trouve pas.

J'ouvre l'armoire du dressing. Rarement, ça me fait mal. Je caresse les pulls et les chemises, je respire la légère odeur d'encens de son after-shave. Je fouille dans les photos, où nous apparaissons, jeunes et insouciants. Tout cela n'était-il qu'un leurre ?

Je ne suis pas habituée à souffrir. Les enfants non plus. Ils sont irritables et pleurent pour un rien. Je les comprends. Je n'ai envie de rien faire, et surtout pas des projets. J'erre dans la maison trop grande. J'écoute les actualités à la télévision comme si un miracle pouvait se produire, que je verrais Nathan surgir, dans un coin de l'écran. Que la police annoncerait... quoi ? Qu'un corps a été retrouvé, enfoui, enfui, aboli... Est-ce que cela serait mieux que le vide ? Que l'absurdité sans nom de cette absence ?

Charlotte a reparu, le temps d'un week-end. Elle m'a forcée à descendre en ville. Nous avons bu des verres de vin pétillant aux terrasses et elle m'a offert une paire de boucles d'oreilles nacrées en forme de plume, pour que ma vie retrouve un peu de légèreté... Elle m'a raconté ses répétitions, parfois orageuses, et sa vie avec Ludo Harmon, devenu son amant par éclipses. Elle a parlé du bonheur des corps, et j'ai repensé à celui de Nathan, si bien accordé au mien. Charlotte a beaucoup ri, un peu trop bu, comme pour masquer une blessure secrète. Je pressens que Ludo lui échappera un jour : trop de succès, trop de femmes, cela peut griser les âmes inconstantes. Nathan faisait-il partie de ce troupeau ? Comment en être sûre finalement ?

J'ai toujours péché par excès de tranquillité. Sûre de moi, sûre des autres. Étale et lisse comme une mare. Et puis, ce pavé...

Peut-être que, simplement, Nathan a cessé de m'aimer.

NATHAN KELLER

Après avoir lu la lettre du Visiteur, j'ai beaucoup marché sur l'île. C'est ma façon à moi de décanter. J'ai marché et j'ai envisagé ma vie, récente, passée...

Certes, je pouvais la jouer définitive. Ici c'était facile. Je me perchais au sommet d'une falaise, et je me laissais tomber comme une pierre dans l'eau grise et bouillonnante. Point final. On me retrouverait à la marée, un peu trop mangé par les crabes à mon goût, mais enfin, c'était de bonne guerre, ils avaient le droit de se venger : échange de bons procédés. Mélodramatique comme fin, sans doute, mais simple. Bibliquement simple, même si je suis mécréant.

L'île ne fait pas plus de vingt kilomètres de long et six de large. On en a vite fait le tour. C'est l'avantage des îles. Louise n'aimait pas les îles. Elle avait, me disait-elle, l'impression d'avoir les flancs à découvert. Toute cette eau l'angoissait. L'idée de couper les amarres l'angoissait. C'était une fille de terre et de racine. Tout ce qui m'effrayait, moi. Nous n'aurions pas dû nous rencontrer. Pas du tout mon genre. Très proustien tout cela.

Or, justement, j'ai attendu trente ans et des poussières avant de la rencontrer. Et j'ai tout de suite capitulé. Jusque-là, les autres filles m'ennuyaient. Certes, j'aimais jouer avec leur corps – avec leur cœur un peu moins – mais globalement, je m'en foutais. Eh quoi, on ne peut pas demander à un gamin qui a été sodomisé pendant trois ans par un curé pervers affligé de mains moites et de strabisme d'éprouver une émotion de Roméo devant la première pucelle venue ! Mon problème, à 16 ans, c'était de savoir si je pouvais encore bander devant une créature de mon âge, du sexe opposé si possible. Et cela, sans que des visions de sperme et de sang envahissent mon cerveau et me tétanisent la queue. Mission accomplie. Ne pas en demander plus à la vie. Bien me concentrer sur ma haine.

Et puis, Louise... Une évidence aux yeux graves, ni gris ni verts, comme une chanson de Ferré. Et pourtant elle riait ce jour-là, en étouffant son rire de son poing serré, comme une petite fille. De longues jambes de jeans, je l'ai déjà dit. Une nuque infinie et ployante qui appelait les coups ou la caresse. Elle ne disait que des choses justes, profondes, qui ne m'ennuyaient pas, qui me faisaient rire. J'ai aimé ses goûts et partagé ses dégoûts, très vite. Sauf pour l'île, où elle n'ira pas me repêcher...

J'ai marché jusqu'à la Pierre couchée. Aucune sirène ne m'est apparue. Le soleil ne s'est pas montré non plus ce matin-là. L'air était blanchâtre, épais, un peu frais. J'ai remonté le col de mon caban. Je me suis engagé sur le sentier rocailleux, entre les touffes d'ajoncs et les genêts, vers la grotte des Houles. Je me suis assis sur la table de granit, qui affleure devant l'orifice béant, ombreux, de la caverne. L'océan grondait à mes pieds, roulait des torrents de bulles et de goémon. Son parfum m'entrait dans la gorge. Une vapeur salée montait jusqu'à la grotte. Les fées des houles devaient dormir, lovées à même la pierre ; gare à moi si elles se réveillaient, elles aimaient faire l'amour aux humains, paraît-il, et puis les transformaient sans état d'âme en algues, en poissons... N'était-ce pas une belle fin ? Les fées étaient plus troublantes que les sirènes, leur peau était plus chaude, et puis on savait ouvrir leurs cuisses. Sans intérêt.

J'ai toujours aimé regarder la mer. Enfant, mes parents m'emmenaient sur les plages du nord de notre pays. Elles ressemblaient à celles d'ici, en plus plat et plus civilisé. Il y avait un côté pratique, des digues de béton, des marchands de gaufres sur la promenade. Maman s'ennuyait. Elle pensait aux criques de son Italie natale, où elle se baignait nue entre les rochers, sous le feu du soleil et dans des éclats de turquoise... Rien de semblable chez nous et ici. La ligne d'horizon ondule sous le gros dos des vagues. Tout se noie dans un gris argenté et dense. L'île ne cherche pas à plaire. Maman cherchait à plaire.

Elle était brune et ses boucles sentaient le mimosa et un peu le musc, j'ai la mémoire olfactive. Jeune, bien plus que je ne le suis aujourd'hui. Des yeux noirs en velours et le nez un peu long, busqué. Ça lui allait bien. Une jupe corolle, à fleurs, des pivoines ? C'est mon dernier souvenir. Parce que j'ai retrouvé, pour mon malheur, un dernier souvenir. Je revois le sourire heureux et (trop) confiant de mon père lorsqu'il lui donne les clés de la voiture, un petit cabriolet Alfa rouge sang – ma mère aimait le rouge. Les pivoines de sa jupe étincelaient. Le vernis de ses ongles également. Et aussi sa bouche, charnue, fardée, lorsqu'elle l'a offerte à mon père avant de démarrer sèchement, pour lui en mettre plein la vue. Ah mais, on ne conduit pas comme une bobonne, hein mon fils ? *Caro mio !*... Elle s'est penchée sur le siège passager pour m'embrasser. J'étais fier. La route bondissait devant nous, entre des rangées de platanes poudrés de soleil. Maman conduisait vite. Elle avait l'air soucieux soudain. Elle a bifurqué vers un chemin de terre. Une grosse voiture bleue métallisée était à l'arrêt. Ma mère m'a demandé de ne pas bouger, de l'attendre sagement. Elle s'est garée, a ouvert sa portière, s'est dirigée vers la voiture inconnue, en embuscade. J'étais vexé. Comme toujours ma mère était incapable de se consacrer à moi seul. Il y avait toujours des distracteurs dans sa vie...

Le temps m'a paru long mais au moment où je m'apprêtais à désobéir, ma mère a jailli de la voiture, le visage empourpré, furieux. Elle s'est penchée vers moi. On s'en va *caro mio*. Tu ne parles de rien à papa, hein, je compte sur toi. Ce sera notre secret à tous les deux. D'ailleurs il n'y a rien à voir, rien à raconter. Elle a répété : rien de rien, d'un ton buté.

Au même moment, un homme est sorti de la voiture bleue. Grand, un peu rouquin, la mâchoire crispée, comme s'il ruminait une colère, en tout cas une émotion. Ma mère a poussé un cri. Tu es fou Boris ! Tu ne devais pas te montrer ! C'est malin ! Mais j'ai ri : Boris ! C'est toi ? J'ai reconnu tout de suite Boris Sokoloff, l'ami de mon père, et son principal associé. Il venait parfois à la maison. Cette fois-ci, il avait l'air en colère. Il m'a pris par le bras, sans brutalité mais fermement. Allez, petit, pousse-toi, va à l'arrière, j'ai à parler à ta mère. Ma mère s'est insurgée. Tu es dingue !! Ne mêle pas Nathan à tout cela. Va-t'en, on s'expliquera après. Boris a secoué la tête. Et puis quoi encore, depuis le temps que tu me mènes en bateau ! Il faudra bien qu'il comprenne ce petit ! Que tout le monde comprenne ! J'en ai marre, tu comprends. *Finita la comedia*, comme tu dirais ma belle ! Ma mère a émis un soupir étranglé, elle était toute pâle à présent, elle a balbutié comme une petite fille : pourquoi tu es si méchant, Pierre va savoir ! Eh bien, qu'il sache. Et je reprendrai mes billes, par la même occasion ! Ma mère a eu un rire faux, triomphal : Ah, ce n'est que ça ! Je m'en doutais bien, va...

J'ai agrippé Boris par la manche : Arrête méchant ! Laisse maman !

L'homme s'est tourné vers moi, il a souri lentement : ta maman est une pute, mon petit, il est temps que cela se sache !

Maman a hurlé : « Salaud ! Descends de ma voiture ! Fous le camp !! ». Dans sa rage, je m'en souviens — c'est même la seule chose dont je sois sûr — elle a retrouvé son accent des origines : « Fous lé camp ! ». L'autre a ri, et en guise de réponse, l'a ployée sur la banquette et a mordu sa bouche. Ses mains se sont engouffrées, grossièrement, dans l'écume des jupons, parmi les pauvres pivoines froissées. Les cuisses brunes de ma mère ont lancé des ruades. Ses cris s'étouffaient sous la bouche de l'homme qui la secouait comme une poupée de chiffon. Je me suis mis à me débattre à mon tour, affolé, en pleurs. Le bandeau de coton que ma mère portait en diadème s'est rompu, ses boucles se sont déversées à flots sur le dossier de cuir. La voiture sentait la sueur à présent et je nageais dans la terreur et l'adrénaline pure. Et puis, tout s'est terminé d'un coup. Boris s'est reculé, les yeux vides, la bouche ouverte, l'air hagard. Son front luisait sous ses cheveux collés, couleur de cuivre. Ma mère s'est laissé glisser sur le siège, les yeux clos, pâle comme une figure de cire. L'homme a serré les lèvres. Il m'a fixé d'un air étrange. J'ai eu l'impression que mon cœur s'arrêtait. Pour la première fois l'idée abstraite de la mort s'est glissée dans mon cerveau de 5 ans. Il s'est penché vers nous et a empoigné les cheveux défaits de maman. Elle a ouvert les yeux, l'a contemplé avec horreur. Puis elle a soufflé : « Devant le petit ! Tu vas le payer. Je n'ai plus peur de toi. »

Il a haussé les épaules. « J'ai déjà démissionné. Qu'est-ce-que tu crois ? Que j'allais rester là, à t'attendre ? Demain, j'aurai passé la frontière. Plus jamais tu entends... Pierre comprendra seulement que tu étais une salope... » Maman lui crache à la figure. Mais elle pleure, elle est sonnée, ses mains tremblent. Les gros mots résonnent dans ma tête. Le monde des adultes m'apparaît dans toute sa crudité. La vision des cuisses nues de ma mère me terrorise, sans que je sache pourquoi. L'homme roux me terrorise aussi. Il hausse les épaules et remonte dans sa voiture. Secouée de sanglots, ma mère fait démarrer à son tour l'Alfa. Elle se tourne vers moi : « Ne dis rien, jamais, promets, promets, Nathan, promets ! » Je promets. Je dis je promets maman... Je ne comprends rien, j'ai le cœur malade, j'ai peur de vomir dans la pimpante petite voiture rouge. Ma mère roule comme une folle. Elle gémit entre ses dents qui claquent, nerveusement. Les larmes dévalent sur ses joues. Son rouge à lèvres lui barbouille le menton. Je la trouve effrayante et j'évite son regard dans le rétroviseur. Soudain, la voiture bleue apparaît dans notre champ de vision. Elle se colle à nous. Ma mère crie des choses sans suite, en italien. Elle crispe ses mains sur le volant, secoue ses boucles dans tous les sens. La voiture roule trop vite, sur la route déserte, entre les troncs paisibles des platanes. L'autre rugit derrière, comme un sale animal. J'ai peur et je crie à mon tour, je me recroqueville sur le siège arrière. Je veux ma maison. Je veux mon papa. Je veux que la voiture bleue disparaisse mais elle accélère au contraire et maman pousse alors ce cri hideux, en levant les mains. La petite Alfa fonce vers une barrière blanche, jolie, léchée, sur fond de prairie verte, et c'est le choc.

Je ne me suis pas évanoui, pas tout de suite. J'avais les yeux ouverts, immobiles, et j'avais conscience de tout. Du ciel au-dessus de ma tête. De la caresse du soleil. Du silence soudain, étrange après ce craquement d'apocalypse. J'avais été éjecté de la voiture. J'entrevoyais la portière ouverte, déglinguée, et un bras blanc inerte, qui pendait. Le visage de ma mère s'est précisé lui aussi, posé contre le dossier, selon un angle bizarre, terne comme la cendre entre les cheveux poissés d'un liquide sombre. Ses yeux voilés me regardaient et ses lèvres remuaient très lentement, comme si elle voulait me parler. Et puis l'autre voiture a freiné. Boris s'est approché. Il s'est penché. D'abord vers moi. Puis vers ma mère, disloquée entre les débris de l'Alfa. Il n'a rien dit. Son visage n'exprimait rien. Il est remonté dans sa voiture. Le ciel s'est obscurci. Mon cri s'est éteint dans ma gorge. Je n'ai rien dit. Jamais.

LOUISE DELAUNOY

Louise observe les jumeaux, de loin. Lola oscille mollement sur la balançoire, la tête penchée de côté, le front masqué par ses boucles noires. Tom est assis dans l'herbe à ses pieds. Il la regarde. Ils chuchotent tous les deux. Ils ne jouent pas. Ils ne s'amusent pas. Ils tiennent leur conciliabule secret de jumeaux, et pour peu qu'elle les distingue, dans la pénombre verdâtre des tilleuls, ils sont à des années – lumière d'elle. Elle n'y tient plus et ouvre la porte-fenêtre, d'une poussée presque violente, et se propulse vers eux, pieds nus dans l'herbe :

« Lola, Tom, ça va ? »

Ils sursautent et l'observent, l'air effaré. Elle doit avoir une drôle de tête.

« Oui maman. Tes cheveux sont en l'air ! »

C'est vrai, elle ne s'est pas coiffée, pas lavée non plus, à peine habillée, un tee-shirt trop long qui lui découvre l'épaule et un vieux short effrangé. Ses yeux sont cernés. Elle se laisse tomber sur la pelouse, près des enfants. Elle sait qu'elle les gêne, qu'elle est importune.

« Que faites-vous donc ?

— On joue.

— Non ce n'est pas vrai, vous ne jouez pas ! »

Elle a honte de la colère qui perce dans sa voix. Elle se sent comme une gamine rejetée de la bande. Pour un peu elle trépignerait. Et puis soudain, Lola qui jaillit de la balançoire et se jette dans ses bras, si fort qu'elle déséquilibre sa mère, et qu'elles tombent toutes les deux dans l'herbe un peu rêche – il a plu si peu ce mois de juillet. Cela aurait dû être un bel été...

Louise sent la respiration saccadée de sa fille. Lola sanglote, avec une violence qui dépasse son petit âge, qui ne devrait pas exister... Tom à son tour vient vers elles, il reste cependant à distance. Ses yeux sont agrandis et on discerne le cerne noir qui bague leur iris, étrangement brillant. Ses mains se serrent l'une contre l'autre. Il supplie :

« Maman, ramène-le nous ! Ramène papa. Ramène notre père ! »

Louise se dresse sur un coude, sa fille contre elle ; ses traits se diluent, sa bouche se distend. Elle pleure à son tour, sans retenue, comme elle n'a jamais osé le faire devant eux et elle en éprouve un soulagement mêlé de honte. Elle avoue dans un gémissement :

« J'aimerais tellement, mes enfants... mais je ne sais pas où il est, je ne comprends pas moi non plus... Je sais seulement qu'il vous aime, où qu'il soit... »

Lola se détache soudain de son étreinte ; son visage est en feu, ses yeux étincellent. Jamais elle n'a autant ressemblé à son père. Une fureur d'adulte durcit ses traits. Elle repousse sa mère et crache :

« Tu mens ! S'il nous aimait vraiment, il ne serait pas parti ! »

Louise secoue la tête, navrée :

« On l'a peut-être forcé ? Des histoires de grandes personnes...

— Tu es une grande personne, tu devrais savoir ! »

Tom devient très pâle, malgré son hâle de brugnon.

« Alors peut-être que des méchants ont tué Papa... »

Que connaît-il de la mort cet enfant-là ?

« Non, Tom, sûrement pas. Ne pense pas à ça mon chéri...

— On pense tout le temps à ça. » dit Lola.

Louise se relève d'un bond. Elle essuie ses yeux d'un revers de main. Essaie un sourire.

« Si on allait se promener ? Faire du vélo ?

—On en a marre du vélo.

—Vous voulez que j'invite vos copains ? Lucie ? Martin ? Dites-moi ? On va à la piscine ? » Elle se déteste de mendier ainsi, avec des mines de bateleur qui rate ses tours. Tom secoue la tête, imité par sa sœur.

« Non. On veut rien. Laisse-nous maman. »

Et Lola ajoute avec un plissement d'yeux, un rien cruel – Nathan, encore...

« On va jouer. Comme avant que tu n'arrives. »

Louise retrouve la semi-obscurité du salon ; elle a baissé les stores, des lames de lumière hachurent le plancher. Il fait plus frais qu'au jardin. Oui, cela aurait dû être un bel été. Comme celui où elle avait rencontré Nathan. Ils passaient leur temps à se dénuder dans toutes les pièces de la maison. Le grand corps brun de Nathan l'impressionnait un peu. Elle n'avait pas encore l'habitude de l'amour, elle avait eu peu d'amants, et celui-ci la faisait crier de plaisir. Au fond, elle ne lui demandait rien d'autre à l'époque, que ces étreintes qui la laissait sans force, bienheureuse et offerte... Plus tard, elle avait réclamé des enfants... peut-être était-ce une erreur. Pourquoi les femmes veulent-elles tant se reproduire, pourquoi considérer les enfants comme une preuve, un lien ? Lien de quoi au juste ? Que connaissait-elle de Nathan et de ses lambeaux de passé ? Comment ne s'était-elle pas méfiée ? On ne prend pas un chat dans un sac, aurait dit sa mère... Qu'y avait-il d'autre dans ce sac, à part un félin noir, qu'elle avait cru, innocente, pouvoir apprivoiser ?

Louise mesure sa présomption et sa détresse. Elle a envie de caresser les épaules de Nathan, qu'elle aimait chercher sous la chemise... leur rempart lui manque. Leur chaleur et leur poids de chair dure... Elle a honte de se sentir si femelle. Une chienne couchante. Couchée. Elle se déteste. Elle déteste cet homme, qu'elle avait cru sien, de la laisser ainsi, sans courage et sans dignité, à renifler ses larmes, vautrée sur un divan qui sent le tabac refroidi parce qu'elle a découvert dans un tiroir un vieux paquet de Camel oublié par Nathan, et qu'elle s'est mise à les fumer...

NATHAN KELLER

Il reste un morceau de far breton dans une assiette à motifs bleus. Nathan pense soudain à deux petits bols « Souvenirs de Plogoff », posés sur une table, à côté de serviettes en papier orné de cerises. Boucle d'Or et la famille Ours... Son cœur se serre. Amusant quand on y pense... Sa vie est faite d'une alternance parfaite de scènes d'horreur et d'images d'Épinal. D'un côté, corps disloqués, armes et sang, froid ou chaud, à la demande – de l'autre, images en rose et blanc d'un bonheur taillé sur mesure par un scénariste shooté au Prozac. Il aurait fait la fortune d'un psy.

Pour la première fois de sa vie, Nathan se demande de quoi sera fait son avenir, en admettant – ce qui est douteux – qu'il en ait un. C'est aussi la première fois qu'il se pose cette question avec autant d'acuité. Bizarrement, il n'est pas en colère. Besoin de réfléchir encore. D'assimiler. Il a allumé le vieux poste de télévision, que madame Le Garec n'a pas osé faire remplacer parce qu'il lui a dit qu'il avait horreur des images. Il passe de plus en plus de temps enfermé dans la maison, à regarder clignoter l'écran mal réglé. Cela vaut toujours mieux que de descendre à la plage et d'affronter les petites familles. Il a horreur des enfants des autres. Bien sûr. Plus grand chose ne se passe, dans sa tête et plus bas, lorsqu'une pétasse en bikini houle des hanches sur sa serviette de bain. Plus rien à foutre de rien. Sauf quelques spasmes. De loin en loin. De souffrance surtout. Sinon, il se sent vide.

Le monde extérieur s'agite devant ses yeux. Syrie, Liban, Allah contre Yahvé, ouvriers en colère... Il pense à sa ville, à son drôle de pays coupé en deux, et de cela aussi il se fout... La connerie humaine ne l'atteint plus. Puis, la voix du présentateur commente les événements récents : l'opposant de Morrier, un certain Dupond-Daigneux (les

Français aiment bien ces ersatz de particule) – fort opportunément débarrassé de son rival par un tueur inconnu à ce jour (enquête en cours) serre des mains dans un pays africain dont il recherche les marchés. C'est un blond un peu chauve, mais portant beau malgré la chaleur accablante, qui se donne beaucoup de mal pour ne pas avoir l'air d'un colonisateur. Le Président du Bankola, lui, se donne autant de mal pour ne pas avoir l'air de l'affameur de son propre peuple. Ils jouent faux tous les deux. Pour un peu Nathan regretterait Morrier. Il était plusieurs fois arrivé à ce dernier d'avoir des accents de sincérité. C'était un homme qui voulait lutter contre la crise. La corruption. Le chômage. L'évasion fiscale. Il aimait les immigrés. De préférence les Bosniaques de sexe féminin, blondes à bonnets C, mais nul n'est parfait et quand on voyait la tronche de Madame Morrier, on se prenait à compatir un peu. Nathan se demande de nouveau pourquoi il a exécuté ce politicard. Crime d'État. Certes, ça a de la gueule, mais c'est un peu court jeune homme. De quelle turpitude bien noire Morrier s'est-il rendu coupable ? Quel danger faisait-il courir à ses concitoyens qu'il prétendait mener à la lumière ? Puis il repense au billet bref du Visiteur et son cœur se remet à battre plus vite. De colère. C'est bien. Il est encore capable d'émotion après tout. Cela vaut mieux que cet état d'hébétude où il marine depuis des jours et des nuits.

L'écran bleuâtre de la télé se fige. Il y a arrêt sur image. Une fraction de seconde, mais cela suffit. Nathan l'a vu. C'est à peine croyable. Là, à gauche de l'écran, en complet clair et lunettes noires, De Styx, souriant, détendu, tapote d'une main familière la manche de Dupond-Daigneux avant de se tourner vers un ministre africain, tout aussi souriant, qui se fraie un passage dans une masse de femmes en boubous et de gorilles à cheveux ras qui balaient la foule d'un regard laser, main vissée à l'oreillette. Un projecteur éclaire un instant le profil reconnaissable du

Visiteur, son port de tête altier, ses cheveux rudes et blancs. Nathan devine son regard, planqué derrière les verres fumés. La colère reflue, le laissant faible et étrangement calme. Voilà qui a le mérite d'être clair, n'est-ce pas ? Il est temps de quitter l'île.

XIII

Van Laere entre sans frapper dans le bureau du Commissaire. Celui-ci relève la tête, agacé, et le toise. Van Laere est plutôt petit, trapu. Il commence à perdre ses cheveux. Il ne nasalise pas ses diphtongues. Il fait plouc. Il regarde Delvaux avec la rancœur impuissante de qui se sait laid face à un être que la nature a doté injustement de traits réguliers, de prunelles bleu lagon et d'épaules de Kouros antique – mais Van Laere pense plutôt déménageur. Puis Delvaux sourit et Van Laere sent son ressentiment se diluer comme une trace de sang dans l'eau chaude.

« Du nouveau, Hervé ? »

L'emploi de son prénom amène, chez Van Laere, un bien-être subit. Mais il ne baisse pas tout à fait sa garde. Il a toujours reniflé quelque chose de pas net chez son supérieur.

« Je ne sais pas encore, Commissaire. À vous de me dire. Les vacances ont été bonnes ? »

Le sourire de Delvaux se crispe légèrement. Van Laere se doute-t-il ? Il n'aimerait pas être accusé de conflits d'intérêt, même si la ville a d'autres chats à fouetter pour l'instant.

« Très bonnes, Inspecteur, merci.

— En fait, je voulais vous reparler de l'affaire Nathan Keller... »

L'intérêt de Delvaux s'éveille aussitôt.

« Notre disparu ?

— Lui-même...

— Asseyez-vous donc... Je vous en prie. »

Van Laere tire une chaise devant le bureau bien rangé du Commissaire. Des paysages toscans – douces collines ombrées de cyprès – sont punaisés aux murs, entre de grandes feuilles gribouillées d'agenda, et des portraits-robots de suspects. La politesse de Delvaux met Van Laere mal à l'aise, c'est-à-dire en colère. On n'ose pas parler cul devant lui, ni foot, ni rien d'ailleurs. C'est un homme qui ne sait pas causer. Il entre donc dans le vif du sujet.

« J'ai continué à enquêter Commissaire... Par-ci, par-là, à tout hasard. C'est bizarre cette histoire...

— J'aime vos assonances, Van Laere... »

L'Inspecteur fronce le sourcil, incertain. Puis se lance :

« Voilà, je trouve qu'il y a trop de... de morts dans la vie de Keller...

— Heu ? Des oxymores à présent...

— De morts violentes, je veux dire... »

Delvaux se penche. Il ne se moque plus. Il a une envie soudaine d'eau fraîche. Sous ses fenêtres, des voitures démarrent, sirènes mugissantes, et des pulsations de lumière bleue martèlent les murs. Routine.

Pour dissimuler son trouble, Delvaux remplit son verre, sans en offrir à son vis-à-vis, qui pince les lèvres. Le Commissaire pense à Sébastien. Très fort. La ligne douce et duveteuse de sa mâchoire. À Louise aussi, qui s'étiole dans l'absence, l'ignorance. Cela serait-il mieux de savoir ? Delvaux pressent que non. À tout prendre, le vide est peut-être préférable à la densité de l'horreur – mais est-il bien placé pour juger ? Il n'a tout simplement pas envie d'être le messager d'un destin funeste, et il se demande ce que Van Laere va lui infliger. Il pense en lui-même : le con ! – avec une sorte de désespoir, et éprouve le vertige du funambule qui va tomber. Car il sait que le fil que Van Laere a sans doute tiré, il devra, lui, son supérieur, le dévider jusqu'au bout. Alors il attend et soupire :

« Expliquez-vous...

— Bon. C'est assez dire que...

— Putain, Van Laere, vous accouchez, oui ? »

Van Laere est scié. Il n'a jamais vu le Commissaire dans cet état. Pour une petite disparition de rien du tout. Il a peut-être bien visé après tout.

« Bon. Heu... Voilà. D'abord il y a eu cette histoire de meurtre au Collège. On n'a jamais su avec certitude qui avait tué cet abbé. L'enquête paraît avoir été curieusement bâclée. Même la famille semble avoir voulu étouffer l'affaire. Le concierge a un instant été soupçonné, mais bon, ça n'a finalement rien donné. On n'a pas interrogé les témoins qu'il fallait... On a salopé la scène de crime... On a traumatisé les gamins, les parents, bref...

— Une belle foirade... Je sais.

— Tout juste ! On pourrait demander à rouvrir l'enquête mais au bout de trente ans, je crains...

— Qu'il n'y ait prescription...

— Avec le recul, on se demande, ça a été évoqué, mais à peine, si le brave curé était net...

— C'est-à-dire ? »

Van Laere semble légèrement mal à l'aise :

« Enfin, vous connaissez les spécialités de notre beau pays – il a un petit rire faux – pédophilie et chocolat...

— Et vous pensez sans doute que ce n'est pas pour une histoire de chocolat que l'on aurait occis ce cher abbé...

— Vous avez tout compris. »

— Tout cela, pour l'instant, n'est que vague allégation. Pas une ombre de preuve, malheureusement, même si votre théorie se tient... Et Keller dans tout ça ? »

Van Laere hoche la tête, contrarié.

« Justement, rien. Mais il était là. Tout comme il était là lorsque sa mère a eu cet accident. Le 18 août 1970 plus précisément.

— Enfin, Hervé, il avait 5 ans ! Qu'est-ce que ça a à voir ?

— Je ne sais pas. Mais il y a eu une autre mort, et là, ça fait beaucoup, même si c'est à quinze ans d'intervalle »

— Expliquez-moi

— Comme vous me l'avez demandé, j'ai enquêté sur la famille de Monsieur Keller. Sa mère, Sara Ferrante, vient d'un petit village des Pouilles. Immigration classique, père mineur, famille modeste, mais son épouse, juive, a connu les camps. Leur fille, Sara, est jolie, ambitieuse, elle met le grappin sur Pierre Keller, fils d'entrepreneur des mines et ingénieur de formation, qui s'est bâti une fortune confortable dans l'import-export de câbles d'acier. Il l'épouse.

— Jusque- là, rien à redire.

— Du tout. Mariage sans histoire, même si quelques rumeurs ont bien couru sur la dame qui avait peut-être la cuisse légère... J'ai retrouvé des voisins, des témoins...

— De vieilles pies d'âge canonique qui devaient envier la belle, je suppose ?

— Vous supposez bien même si, comme on dit, il n'y a pas de fumée sans feu...

— Allons au fait. Qui était l'amant présumé de la dame ?

— Là encore, bruits et rumeurs... Vieilles de 40 ans en plus, donc tout cela est très flou, très vague... Enfin, on pense à un certain Boris Sokoloff, associé du mari.

— Hum, rien de prouvé je suppose. C'est quoi, la suite du feuilleton ?

— Rien de tout cela ne m'aurait interpellé si l'entreprise du sieur Keller père n'avait subi un brusque changement de statut. Je m'explique : avant l'accident, Pierre Keller était associé avec ce Boris Sokoloff, famille d'origine russe mais naturalisée depuis deux générations. Peu importe. Ce qui est intéressant c'est que le Boris se volatilise littéralement après l'accident de Sara. Le père Keller récupère ses parts. Il refait cavalier seul. C'est son droit, me direz-vous. »

« Sauf que Boris Sokoloff était sans doute l'amant de Sara, d'où vous présumez que l'accident de la malheureuse serait sans doute une vengeance du mari... C'est cela votre hypothèse ? Fort alambiqué. Et il aurait pris le risque insensé de tuer son propre fils ? »

Van Laere se mord la lèvre.

« C'est vrai que c'est là que ça coince. Mais on a vu pire.

— L'âme humaine est insondable dans l'horreur, c'est vrai, mais là, on nage dans les spéculations...

— Il y a autre chose.

— Quoi ?

— La semaine passée, j'ai retrouvé la trace du Boris. Vieille rubrique de faits divers. Il vivait en Suisse, avec femme et enfants. Petit entrepreneur lui aussi, firme pharmaceutique. Prospère. RAS. Il avait bien refait sa vie, sauf que...

— Sauf que... ? » Delvaux éprouve quelque chose de très désagréable, comme une sorte d'alarme secrète qui se déclencherait au fond de son cerveau.

« Sauf que cette vie s'est brutalement interrompue il y a plus de vingt ans déjà. Le 18 août 1985 exactement. Quinze ans jour pour jour après la mort de Sara. On a retrouvé la voiture de Sokoloff dans un ravin, après le tunnel du St Gothard. Bizarrement, on semblait lui avoir brisé les dents à coups de crosse avant. Une sorte de règlement de compte, mais on en est finalement resté à l'hypothèse de l'accident, même si la veuve a fait des histoires... Un si bon conducteur... »

« Et Nathan vous semble le fil invisible qui relie ces trois morts ?

— Je ne sais pas. Je voulais vous demander votre avis... »

Delvaux soupire et se masse pensivement la base du nez avec l'index. Puis il dit à voix basse, comme à regret :

« Vous avez sans doute raison... On relance la machine, Inspecteur. »

XIV

NATHAN KELLER

La Lorraine est sans doute la région la moins avenante du pays. On n'y vient pas volontiers en vacances. Pas de mer ou d'océan pour la bercer, une nature un peu raide, un ciel souvent pluvieux et des usines désertées. Depuis que le potentat indien a mis la clé sous la porte – comme à Liège, terre jumelle – les ouvriers grondent et l'acier chôme. Tout cela renvoie Nathan à sa ville, à son père, aux parents immigrés de sa mère... L'acier a fait basculer son destin, à lui aussi, depuis qu'à l'aube de ses quinze ans, il en a enfoncé 6 pouces dans le corps étonné de François-Marie de Linkebeek.

Il pense à tout cela, un peu confusément, pendant que l'autoroute se déploie devant ses yeux. Il ne se demande plus pourquoi le Visiteur a choisi ce coin de terre comme refuge. Peut-être parce que, justement, personne n'aurait l'idée de s'exiler là-bas. Il devrait en prendre de la graine. Son île bretonne est si farouche qu'elle en devient provocante. Voyante. Un ermite ténébreux sur une plage battue par les vents, cela attire plus l'attention qu'un retraité lorrain. Dont acte.

La voiture bifurque et s'engage dans l'allée. Le jardin est toujours en friche, une glycine mauve mange la façade et masque les volets écaillés. La porte est ouverte et des rafales de violons – Brahms ? – échouent sur le seuil de pierre. Le Visiteur est prévenu. Il apparaît dans l'entrée. Sans ses costumes de marque et ses Ray-ban, il ferait presque Tonton, pêcheur à la ligne, ouvrier à la retraite... Mais ses yeux démentent cette apparente bonhomie. Dans son visage nouvellement hâlé, ils affichent leur clarté minérale avec insolence. Ses rides sont plus prononcées. Il sourit sans joie :

« Je n'aurais pas cru te revoir. Si tôt, je veux dire.

— Disons que j'étais nostalgique...

— La nostalgie est un luxe que nous ne pouvons pas nous payer...

— Malheureusement, c'est le seul auquel j'aspire.

— Tu seras toujours un éternel insatisfait, Nathan. Ou devrais-je dire Bruno ? Contente-toi de ce que tu as, et c'est déjà beaucoup...

— Vous trouvez ? » C'est au tour de Nathan de sourire. Il passe devant le Visiteur et le force à reculer dans la pénombre du couloir. Il avance encore, jusqu'au salon familier, revues et journaux toujours éparpillés sur les tapis, odeur douceâtre de Clan, lumière mauve filtrée par la glycine et les tentures trop longues... Au-dessus de la cheminée, le tableau a disparu. Nathan le remarque tout de suite :

« Notre décapitée s'est envolée, on dirait. Exit Natacha ? »

— Contrairement à toi, j'en ai marre de ressasser le passé. Peu productif.

— Et vous aimez ce qui est productif, n'est-ce pas Franz ? »

Nathan appelle rarement le Visiteur par son prénom, le seul qu'il connaisse, et ce dernier cille légèrement.

« Que veux-tu dire par là ? Tes énigmes m'emmerdent, petit. Au cas où tu l'aurais oublié, mon temps est précieux et je ne suis ici que pour quelques heures, alors, parle, puisque tu en as envie...

— C'était bien, l'Afrique ? Beau pays, le Bankola ? Un peu remuant ces temps-ci, mais plein de ressources, non ? »

De Styx renverse la tête en arrière et éclate d'un rire sonore, un rien forcé, semble-t-il.

« Nous y voilà ! Je me disais aussi que ces cons de journalistes avaient fait de l'excès de zèle, mais bon... Tu sais que je fais commerce, Nathan, comme tes ancêtres d'ailleurs. C'est quoi, le problème ? »

Nathan retrouve le vieux divan de cuir — une ottomane de cocotte — et s'y vautre. Il devine l'agacement de l'autre. Il prend la pose.

« Arrête ton théâtre, fiston. T'as pas de spectateurs, ici !

— Vous non plus. À part moi. Cela fait déjà un fameux bail, j'ai l'impression. Et j'ai été jusque-là fort bon public, vous me l'accorderez ?

— Bien. Où veux-tu en venir ?

— Vous semblez en excellents termes avec Dupond-Daigneux. Vous étiez comme des potes, en Bankola, ou bien j'ai rêvé ?

— Je vois.

— Vous ne voyez rien du tout. Dupond-Daigneux, c'est le prochain sur votre liste ? Vous allez faire abattre tous les prétendants français ? À moins que ce ne soit votre dictateur africain ? Je sais, il a triomphé très honnêtement de ses adversaires, je suppose que vous lui avez fourgué assez d'armes pour ça, mais franchement, vous avez l'intention de déstabiliser tout un continent ? »

De Styx secoue la tête et regarde Nathan avec un air de pitié.

« Décidément, tu ne comprends rien. Je croyais que les bons Jésuites t'avaient aidé à réfléchir...

— Les bons Jésuites, du moins certain d'entre eux, comme vous le savez, avait d'autres projets à mon endroit...

— Ne sois pas amer, Nathan. Tu t'es bien vengé.

— Franz, je voudrais simplement que vous m'aidiez à comprendre ce que vous foutiez avec Dupond-Daigneux, l'ennemi juré de feu Lucien Morrier. C'est tout.

— Je fais affaire avec lui, si c'est que tu veux savoir. Je viens de te le dire. Où est le mal ? »

Nathan a l'impression de manquer d'air. Ce salaud se fout de lui, en plus.

« Où est le mal ? Vous voulez dire que j'ai servi, par votre intermédiaire, d'exécuteur des basses œuvres à ce Dupond-Daigneux et à sa clique de minables ? Ce n'était que ça ? Que ça ? »

Nathan s'étrangle. Une suée brutale lui monte au front. De Styx a pris place devant lui. Il semble tout à fait calme à présent.

« Et alors ? C'était sans risque et bien payé. Tu ne voudrais pas que je te serve indéfiniment des histoires de justicier sans peur et sans reproche, Nathan. Que je t'invente pour ce pauvre Morrier une saloperie bien grasse ? C'était bon la vengeance, le châtiment des méchants, on s'est bien défoulés, mais on passe à la vitesse supérieure, là. Grandis un peu.

— Grandir ? Mais vous me rapetissez au contraire... Vous n'aviez pas le droit de me faire jouer ce rôle misérable !

— Nathan, Nathan... Il te faut encore des prétextes ? Tu pêcheras donc toujours par orgueil... Comment il appelait ça, ton prof de grec : l'Hybris ? Tu te prenais pour un héros, c'est ça ? On arrête de jouer. Comme je te l'ai déjà dit, on a fait du bon boulot ensemble, mais on arrêtelà. Et si tu te tiens tranquille, tu pourras même revoir ta petite famille. Alors, heureux ?

— Ta gueule, sale traître ! » Jamais Nathan n'a tutoyé le Visiteur. Il s'en rend brusquement compte. Jamais il ne l'a insulté. Jamais il ne l'a à ce point haï. Il se tait pour mieux sentir, à l'intérieur de son corps, cet écroulement silencieux. De Styx le fixe, impassible. Mais une fatigue voile son regard. Il finit par murmurer, et Nathan remarque, pour la première fois, son accent à peine esquissé, indéfinissable :

« En quoi un meurtre politique est-il moins noble que le châtiment d'une crapule ?

— Parce que cette politique-là ne me concerne pas, et que Morrier était peut-être un innocent...

— Sans doute... mais Dupond-Daigneux n'était pas de cet avis et je suis de l'avis de Dupond-Daigneux. C'est aussi simple que ça.

— Et les autres adversaires de votre Dupond-Daigneux, vous allez les liquider aussi ? Ça finira par faire désordre ! »

De Styx émet son curieux jappement :

« Pas besoin. Ceux-là ne nous emmerderont pas. Ils sont même nécessaires pour la galerie. Tu peux te reposer, Nathan. »

Nathan a les yeux fermés. Pour un peu, il aurait envie de rire. Tout ça pour ça... Sa vie s'achève en farce. Le Visiteur a raison. Keller s'est pris pour Oreste. Et il est devenu le tueur à gages de Dupond-Daigneux. D'un terne blondinet à calvitie naissante qui s'inventera plus tard un destin.

Il aura donc sacrifié sans sourciller Louise et les enfants à cette médiocre éclaboussure. Finalement, le sort de Morrier ne lui importe plus. Il a été comme lui un rouage, rien de plus. Un idiot qui ne se sera pas assez méfié de ses ennemis, ou de ses amis...

Nathan rouvre les yeux. Il est très calme soudain. Il se lève, en s'étirant un peu, comme un chat. De Styx comprend au quart de tour, il bondit vers le bureau et crie – c'est l'unique fois où Nathan le verra perdre son sang-froid :

« N'oublie pas, je t'ai toujours protégé, et c'est moi qui t'ai retrouvé Boris ! Ce n'était pas du chiqué, ça ! »

Nathan sourit, il a déjà son Five à la main :

« Il y a prescription, maintenant, Franz. On est quitte. »

Il n'est pas certain que De Styx a entendu la fin de la phrase. Nathan a déjà tiré. Le salon sent un peu la fumée, mêlée à la vanille du Clan.

Le Visiteur n'est plus.

ÉPILOGUE

Il neige sur Liège... Brel en a fait le titre d'une chanson. La ville s'étire, ouatée, le long du fleuve. Le parc a des allures sibériennes, avec ses arbres étincelants de givre et la coupole blanchie du Musée d'Art moderne.

Louise marche lentement dans l'allée. Ses bottes laissent des empreintes dans la neige. Les enfants courent devant elle et s'éclaboussent de poudreuse. Leurs anoraks qu'ils ont voulu semblables, rouge vif, dansent dans la lumière qui décline déjà.

Louise longe la pièce d'eau gelée où patine un couple de cygnes ; elle remonte le col de son manteau. Avec sa toque de fourrure et ses joues rosies par le froid, elle ressemble à une jeune *barynia* en rupture de traîneau, une Anna Karénine mélancolique – mais ne le sont-elles pas toutes ?

Nathan se cache derrière un des piliers de la roseraie. Il regarde passer sa femme et ses enfants.

La neige s'est remise à tomber.

Du même auteur aux Éditions UPblisher

Le jeu de la poupée
Roman

Mytho
Nouvelles

La Voisine
Nouvelle

Voie lactée
Nouvelle

En attendant Claire
Nouvelle

Imprimé par CreateSpace
En vente sur Amazon
Version numérique sur UPblisher.com
Vasca - UPblisher
11 bis, rue de Moscou
75008 Paris - France

www.ingramcontent.com/pod-product-compliance
Lightning Source LLC
LaVergne TN
LVHW050602200726
843508LV00010B/1731